Tucholsky Wagner Zola Scott Sydow Fonatne Freud Schlegel
Turgenev Wallace
Twain Walther von der Vogelweide Fouqué Friedrich II. von Preußen
Weber Freiligrath
Frey
Fechner Fichte Weiße Rose von Fallersleben Kant Ernst Richthofen Frommel
Hölderlin
Fehrs Engels Faber Fielding Flaubert Eichendorff Tacitus Dumas
Feuerbach Maximilian I. von Habsburg Fock Eliasberg Eliot Zweig Ebner Eschenbach
Ewald Vergil
Goethe Elisabeth von Österreich London
Mendelssohn Balzac Shakespeare Lichtenberg Rathenau Dostojewski Ganghofer
Trackl Stevenson Tolstoi Hambruch Doyle Gjellerup
Mommsen Thoma Lenz Hanrieder Droste-Hülshoff
Dach Verne von Arnim Hägele Hauff Humboldt
Karrillon Reuter Garschin Rousseau Hagen Hauptmann Gautier
Damaschke Defoe Descartes Hebbel Baudelaire
Wolfram von Eschenbach Dickens Schopenhauer Hegel Kussmaul Herder
Bronner Darwin Melville Grimm Jerome Rilke George
Campe Horváth Aristoteles Bebel Proust
Bismarck Vigny Gengenbach Barlach Voltaire Heine Federer Herodot
Storm Casanova Chamberlain Lessing Tersteegen Langbein Gilm Grillparzer Georgy
Brentano Gryphius
Strachwitz Claudius Schiller Lafontaine Kralik Iffland Sokrates
Katharina II. von Rußland Bellamy Schilling
Gerstäcker Raabe Gibbon Tschechow
Löns Hesse Hoffmann Gogol Wilde Gleim Vulpius
Luther Heym Hofmannsthal Klee Hölty Morgenstern
Roth Heyse Klopstock Kleist Goedicke
Luxemburg Puschkin Homer Mörike
Machiavelli La Roche Horaz Musil
Navarra Aurel Musset Kierkegaard Kraft Kraus
Nestroy Marie de France Lamprecht Kind Kirchhoff Hugo Moltke
Nietzsche Nansen Laotse Ipsen Liebknecht
Marx Ringelnatz
von Ossietzky Lassalle Gorki Klett Leibniz
May vom Stein Lawrence Irving
Petalozzi Platon Knigge
Sachs Pückler Poe Michelangelo Kock Kafka
Liebermann
de Sade Praetorius Mistral Zetkin Korolenko

Der Verlag tredition aus Hamburg veröffentlicht in der Reihe **TREDITION CLASSICS** Werke aus mehr als zwei Jahrtausenden. Diese waren zu einem Großteil vergriffen oder nur noch antiquarisch erhältlich.

Symbolfigur für **TREDITION CLASSICS** ist Johannes Gutenberg (1400 — 1468), der Erfinder des Buchdrucks mit Metalllettern und der Druckerpresse.

Mit der Buchreihe **TREDITION CLASSICS** verfolgt tredition das Ziel, tausende Klassiker der Weltliteratur verschiedener Sprachen wieder als gedruckte Bücher aufzulegen – und das weltweit!

Die Buchreihe dient zur Bewahrung der Literatur und Förderung der Kultur. Sie trägt so dazu bei, dass viele tausend Werke nicht in Vergessenheit geraten.

Die wilde Jagd

EIN ENTWICKLUNGSROMAN IN ACHT ANDEREN GESCHICHTEN

Paul Scheerbart

Impressum

Autor: Paul Scheerbart
Umschlagkonzept: toepferschumann, Berlin

Verlag: tredition GmbH, Hamburg
ISBN: 978-3-8424-1296-5
Printed in Germany

Ziel der TREDITION CLASSICS ist es, tausende deutsch- und fremdsprachige Klassiker wieder in Buchform verfügbar zu machen. Die Werke wurden eingescannt und digitalisiert. Dadurch können etwaige Fehler nicht komplett ausgeschlossen werden. Unsere Kooperationspartner und wir von tredition versuchen, die Werke bestmöglich zu bearbeiten. Sollten Sie trotzdem einen Fehler finden, bitten wir diesen zu entschuldigen. Die Rechtschreibung der Originalausgabe wurde unverändert übernommen. Daher können sich hinsichtlich der Schreibweise Widersprüche zu der heutigen Rechtschreibung ergeben.

GÖTTER!

Die schwarzen Diener gossen Öl in die vielen Maschinen.

Die schwarzen Diener krochen in unglaublich großen Scharen wie schwarze Salamander an den Maschinen hinauf und hinunter.

Die Öltonnen ragten übereinanderstehend zwischen den Maschinen wie stilisierte Berge in die Luft.

Die schwarzen Diener gossen auch die letzten Öltonnen vorsichtig in die starken Räderwerke hinein und atmeten dann erleichtert auf; sie hatten eine schwere Arbeit hinter sich.

»Jetzt«, flüsterten sie sich zu, »müssen die Geister gleich kommen.«

Andre jedoch sagten:

»Das Gewürm muß gleich kommen.«

Die Schwarzen warteten auf die Geister, die sich von ihren Sternen trennen wollten.

Diese Sterne waren sämtlich Kugelsterne.

Und die Geister, die oberhalb oder innerhalb dieser Kugelsterne lebten, wurden Wurmgeister genannt.

Die Wurmgeister, die sich von ihren Sternen trennen wollten, ließen jetzt auf sich warten.

Und die schwarzen Diener riefen empört: »Dieses Gewürm!«

Auf den Maschinen flackerte der Glanz schlafloser Nächte.

Am graden Rande einer halbrunden Steinebene stehen die blanken Maschinen; die Steinebene ist schwarz und ganz glatt wie ein Eismeer ohne Schnee.

Und entsetzlich groß ist die halbrunde glatte Steinebene; um ihren krummen Rand hat sich ein hellgrauer Wolkenkranz gelegt; die Wolken sind stilisierte hellgraue Riesenrosen, die zu maßlos hohen Gebirgen wurden.

Weiß ist der Himmel - wie Milch.

Und auf der schwarzen glatten Steinplatte spiegeln sich die Wolken und zwischen den Öltonnen die Maschinen, die mit der Kopfseite nach außen gerichtet sind und den ganzen graden Rand des Halbrunds bedecken.

Vor dem graden Rande versperren zarte, sich leicht bewegende Nebelschleier alle Aussicht.

Obwohl nun die Zahl der Maschinen eine ganz ungeheure ist, nehmen diese doch eben nur den graden Rand des Halbrunds in Anspruch. Wird die Maschinenreihe verglichen mit der ganz leeren halbrunden Steinebene, so werden die Maschinen so klein wie Kinderspielzeugund - und sie sind doch so groß.

Es sind eiserne Fahrzeuge am schwarzen schnurgraden Plattenrande - und sie haben ein abenteuerliches Aussehen - da gibt's Riesenkanonen, deren Stahlröhren so lang sind, daß man sagen möchte, sie seien viel länger als ein Jahrhundert - da gibt's Bahnzüge, die tausendmal länger sind, und Lokomotiven vorgespannt haben, deren Schornsteine Kirchtürmen ähneln.

Da gibt's schlanke Schlitten mit weiten Flügeln, die wie Wolken aufragen - da gibt's Stelzmaschinen, die auf hundert meilenlangen Stelzen stehen - da gibt's himmelhohe räderartige Maschinen, in deren Speichen lauter Körbe hängen - da gibt's geflügelte Riesenräder - da gibt's Korbketten, die an hohen Eisensäulen befestigt wurden und an beiden Enden Raketenapparate besitzen - da gibt's Luftschiffe mit Kanonen, die gefesselte Kugeln abschießen können; durch ihre Kugeln können sich die Luftschiffe sehr schnell fortreißen lassen; die Kugeln dür fen sich nur nicht losreißen.

Da gibt's - viel zu sehen!

Das ist ein gewaltiges Maschinenreich!

Und alle diese Maschinen sind bloß für das große Wettrennen gebaut, das jetzt gleich beginnen soll.

– – Auf der schwarzen Plattform entstanden jetzt viele runde Löcher und aus diesen runden Löchern stiegen jetzt langsam, steif und gespensterhaft viele Billionen Geister heraus.

Die Geister staken in perlgrauen unbestimmten Gewändern, und ihre Köpfe waren weiß wie Lilien; wie Standbilder stiegen sie empor.

Und die Löcher schlossen sich wieder.

Und die Geister schwebten langsam dicht über den schwarzen Fliesenboden zu den Maschinen hin.

Und die schwarzen Diener machen den Geistern Platz.

Die schwarzen Diener haben viele Schlangenbeine und viele dicke Köpfe, die Molchköpfen ähneln. Und ihr Rumpf ist wie ein schwarzer Sack, in dem sich durchscheinende rote Würfel balgen. Und ihre schwarzen Kopfhaare steher immer hoch empor wie Besen und steife Pinsel.

»Es ist alles vortrefflich eingeölt!« sagen die Diener unter devoten Bücklingen.

Und die Geister prüfen die Ölung und bewundern ihre Maschinen; die haben sie selbst in vielen schlaflosen Nächten unter dem schwarzen Fliesenboden erfunden und oben mit Hilfe der molchköpfigen Diener aufgebaut.

Nun verabschieden sich die Geister voneinander und steigen in ihre Bahnzüge und in ihre Maschinen hinein, denn es soll gar bald losgehen.

»Als Götter sehen wir uns wieder!«

Das rufen sie sich in vielen Sprachen lachend zu.

»Ist es wahr«, fragen da die Diener, »daß bloß die erste Million zu Göttern wird?«

»Gewiß«, erwidern die grauen Geister mit den lilienweißen Köpfen, »sonst wäre doch das ganze Wettrennen überflüssig. Wir sind ja zu Billionen hier. Nur die erste Million, die durch die Allee zuerst durchkommt, wird zu einer Million von Göttern.«

»Und ist es wahr«, fragen die Diener weiter, »daß Euch alle Mittel beim Weiterkommen erlaubt sind? Ist es wahr, daß Ihr unterwegs um die Plätze kämpfen dürft?«

»Ja, das haben wir schriftlich!« antworten die Geister in Chören, »sogar jede Gemeinheit und jede Niedertracht ist uns erlaubt.«

Das Stimmengewirr wird zum reinen Meergebrause, denn die Billionen Geister sprechen alle noch miteinander in unsäglich vielen Sprachen und nehmen auch freundlich von den Schwarzen Abschied, deren Zahl auch ins Billionenhafte steigt.

»Das Gewürm«, flüstern sich die Schwarzen zu, »ist so siegesgewiß, daß man beinahe neidisch werden könnte. Wenn sie früh genug durch die Sternallee durchkommen, werden diese Würmer selber zu Sternen - zu Kugelsternen. Und als Kugelsterne sind sie Götter. Dann gibt's wieder eine Million Götter mehr. Das muß herrlich sein, so als Gott weiterzuleben.«

Aber die Diener, die selbstredend ebenfalls ganz waschechte Geister sind, lächeln dabei - ihnen liegt eigentlich sehr wenig daran, zu Göttern zu werden; die Wurmgeister aber, die jetzt Götter werden wollen, sind sehr entwickelte Geister, die eine lange, lange Vergangenheit hinter sich haben - ein vielfaches Leben auf und in der Kugelsternen, die jetzt gleich zu sehen sein werden.

Die Nebelschleier, die vor dem graden Rande der halbrunden, von grauen Rosenwolken umrahmten Plattform alle Aussicht bislang versperrten - diese Nebelschleie zerfließen jetzt und gehen zur Seite.

Und eine Sternallee wird sichtbar.

Breit ist die Allee - rechts gehen Kugelsterne wie eine Perlenschnur in die Unendlichkeit - und links ist ebenfalls eine solche Sternperlenschnur. Die beiden Sternketten der Allee scheinen in der Ferne eine Spitze zu bilden.

»Die Allee ist natürlich keineswegs unendlich!« sagen die Geister in ihren Maschinen und in ihren Bahnzügen.

Zwischen den Kugelsternketten liegen die vielen Schienen, doch ist die Mitte der Allee ohne Schienen – in der Mitte befindet sich nur spiegelglatter schwarzer Steinboden – wie auf der Plattform, die als Ausgangspunkt des Rennens mit ihrem Wolkenrahmen sehr stattlich wirkt; die vielen grauen Riesenrosen sind noch größer geworden.

Aber die Kugelsterne überragen die Rosen um ein Beträchtliches; die Kugelsterne sind nur so weit ab, daß ihre Größe nicht so drückend empfunden wird.

Eine Götterallee ist diese Sternenallee, denn jeder Kugelstern ist wie gesagt ein Gott.

Und die Wurmgeister, die durch diese Allee durchkommen, werden wie gesagt selber Götter als selbständige Kugelsterne.

Aber es kann wie gesagt nur eine Million der Wurmgeister den Götterpreis erringen – daher das große Wettrennen, das jetzt sofort beginnen soll.

Der Himmel ist weiß wie Milch. Und die Kugelsterne sind grau wie die Wurmgeister.

Und es gibt einen furchtbaren Knall!

Und die Maschinen gehen alle los – im selben Augenblick!

Und ein einziger Jubelschrei durchgellt die Welt.

»Als Götter sehen wir uns wieder!«

Das haben die Wurmgeister auch den molchköpfigen Dienern zum Abschied zugerufen.

Die molchköpfigen Diener stehen jetzt ruhig auf dem graden Rande der Plattform zwischen den Öltonnen.

Die Maschinen sind schon weit fort.

Nur die großen Kanonen und ein paar hohe Eisensäulen sind zurückgeblieben. -

Und die Maschinen jagten dahin.

Das war ein Geknatter, als würde mit Billionen Peitschen geknallt.

Und die Geister machten einen Lärm - es hörte sich an, als würden Billionen Hunde geprügelt.

Wie ein heulender Sturmwind jagte das Geisterheer durch die Sternallee. Die Schienen bebten und zitterten, und alles rasselte, als sollten ganze Höllen zerrissen werden.

Ungeheure Dampfmassen blieben hinter einzelnen Maschinen zurück.

Der furchtbare Knall, der das Signal zum Losfahren bildete, war von den Kugelsternen erzeugt worden; auf den Kopfplatten der Kugelsterne hatte zu gleicher Zeit ein Vulkanausbruch stattgefunden.

Und nun lag oben auf jedem Kugelstern ein kleiner weißer Wolkenkranz - wie eine Krone aus weißen Perlen.

In der Mitte der Allee, wo der schwarze Steinboden spiegelglatt und geölt war, flogen die geflügelten Schlitten wie die Pfeile dahin; jeder Flügelschlag wurde mit stürmischem Halloh begrüßt.

Auf den Schienensträngen, die der Mitte am nächsten lagen, rollten die großen Kanonenkugeln - haushohe Bälle - viele durchsichtige Schalen drehten sich auf diesen Kugeln umeinander und bildeten eine sehr komplizierte Kugeloberfläche, so daß sehr viele Geister im Innern der Kugeln ruhig sitzen und hinausgucken konnten, trotzdem die Kugeln rasend rasch dahinrollten.

Die Lokomotiven mit den langen Bahnzügen machten einen mörderlichen Spektakel.

Auf der linken Seite der Allee hatte der Boden in beträchtlicher Breite ganz unebene Formation - da stolzierten die Stelzmaschinen neben den geflügelten Riesenrädern, die ihre Passagiere seitwärts an der verlängerten Achse trugen. Da stolperten auch höhere Radmaschinen herum, die ihre Geister in Speichenkörben trugen.

Und oben sausten fortwährend knallend die Kanonenluftschiffe durch die Luft - immer wieder schossen sie ihre Fesselkugeln ab und ließen sich von denen ruckweise vorwärts reißen, daß es beängstigend schien, dem zuzusehen.

Jedoch zwischen den Luftschiffen arbeiteten sich noch die großen Korbketten durch, die an beiden Enden Raketenapparate besaßen und sich immerzu in großen Bogen überschlugen; kaum hatten sie sich mit dem vorderen Ende in dem unebenen Bahnboden festgebohrt, so ging das hintere Ende los und flog im großen Bogen weiter wie ein geschleudertes Tau; die Raketenapparate, die gegen das Anprallen am unebenen Steinboden musterhaft geschützt waren, funktionierten tadellos.

Die Lokomotiven, die rechts und links am äußersten Rande der Rennbahn mit den längsten Wagenzügen dahinrasten, schossen öfters eine Harpune in die Kugelsterne und gewannen durch das Ziehen an der Harpune, wenn diese festsaß im Stern, einen erheblichen Vorsprung; losgemacht wurde die Harpune durch elektrisch entzündbare Platzapparate.

Die Rennbahn dröhnte wie ein Meer im Frühlingssturm.

Die geflügelten Schlitten und die Korbketten mit den Raketenapparaten hatten die Führung.

Und darob begann ein wildes Gefluche, denn nun wollte jeder mit diesen schnellsten Fahrzeugen fahren.

Viele verließen ihre sicheren Plätze, um auf einem Flügelschlitten schneller weiterzukommen.

Die Geister hatten - was gesagt sein muß - wohl die Fähigkeit zu schweben - aber ihnen lag trotzdem noch ihre volle Sternschwere auf den Schultern - so daß sämtliches Gewürm nicht schneller vorwärts kam als im früheren Leben - sonst hätte ja das Maschinenmaterial ein ganz anderes sein müssen.

Es wurde nun aus dem Platzwechsel ein erbitterter Kampf, in dem es wie in allen schwierigen Lebenslagen an lächerlichen Momenten nicht fehlte.

Ein Wurmgeist, namens Knipo, tut schrecklich empört, als er von einem Flügelschlitten heruntergeworfen wird.

»Unter welches rohe Volk bin ich geraten!« schreit er wütend, »Ihr wollt Götter werden? In Schweine müßtet Ihr verwandelt werden.«

Und der Knipo springt mit der ganzen Gewandtheit, die einem Wurmgeiste zu Gebote steht, auf eine jener haushohen Kugeln, die auf ihren besonderen Schienen dahinrollen. Aber die glatte Kugel rollt weiter, und der Springer bleibt mit flatternden Gewändern in der Luft zurück. Er faßt ein Tau, das von einem Luftschiffe herunterbaumelt, und will sich dran emporziehen - aber das Tau wird oben mit einer großen Schere abgeschnitten.

»Diese Tücke!« ruft der Knipo ärgerlich, während er das Tau zusammenballt, »beim Einsteigen und Abfahren ging alles ganz gemütlich zu - und jetzt benehmen sich diese Kerls wie die gemeinsten Raubtiere. Schöne Geister! Und die wollen Götter werden! Rabiates Gesindel!«

Die Korbketten mit den Raketenapparaten überholen währenddem sämtliche Flügelschlitten, und ein Mordsradau entsteht - besonders auf den geflügelten Rädern, deren Passagiere einen bequemen Uberblick genießen.

Knipo versucht es noch, sich auf eine Stelzmaschine zu schwingen, wird jedoch auch hier mit vielen anderen Geistern zugleich durch lange Stangen fortgetrieben; die meisten Geister wollten an den Stelzen emporklettern.

Die Stelzmaschinen kommen scheinbar ohne Anstrengung vorwärts und erinnern an laufende Kamele; nur haben die meisten Stelzmaschinen mehr als vier Beine. -

Diejenigen, die einen Platz auf den schnelleren Maschinen erobern wollten, wurden fast sämtlich zurückgedrängt und ließen sich schließlich in Scharen auf den Verdecken der längeren Bahnzüge nieder, wo sie sich ordentlich festhalten mußten in nicht grade beneidenswerter Lage.

Knipo rettete sich ebenfalls durch einen Sprung auf das Verdeck eines Bahnwagens und hatte da leider unter den Rauchwolken einer Radmaschine viel zu leiden, sah jedoch zu seiner Rechten einen langen Zug, dessen Lokomotive immer wieder eine Harpune in die Haut der dicken Kugelsterne schoß.

Die meisten Geister, die sich aus den vorderen Gefährten in die hinteren gedrängt sahen, beklagten sich nicht. Doch Knipo beklagte sich gar bitterlich, denn er hatte seinen festen Schlittenplatz durchaus nicht mit einem besseren Platze vertauschen wollen.

»Ich bin vergewaltigt worden!« schrie er, »glaubt man denn, ich hätte kein Recht, auch ein Stern zu werden: Ich will sogar ein Doppelstern werden – ja, das will ich! Ich will als Doppelgott weiterleben.«

Die andern Geister auf dem Verdeck des Zugwagens mußten trotz ihrer schwierigen Lage bei dem Worte »Doppelgott« laut losprusten.

Knipo jedoch rief sehr grimmig: »Ich erinnere mich jedenfalls ganz genau, daß ich das meiste zur Erfindung der Flügelschlitten beigetragen habe.«

Hiernach wurde die Aufmerksamkeit von dem Knipo abgelenkt; in einem Bahnzuge, der auf dem Nebengeleise mit ähnlicher Geschwindigkeit fuhr, wurde laut und heftig über transparente Empfindungen debattiert.

Mitten durch den furchtbaren Lärm der rasselnden Schienen drang vernehmlich die Stimme eines jungen Geistes herüber, der seiner abenteuerlichen Ideen wegen überall berüchtigt war: »Ihr könnt Euch ruhig Eure Geisterlunge ausschreien«, kreischte seine Stimme, »mir wird zu allen Zeiten bombenklar sein, daß ein Kugelstern anders empfindet als ein Wurm – Sterngeist und Wurmgeist sind zwei ganz verschiedene Weltsubjekte. Der Sterngeist hat eben lauter transparente Empfindungen und nicht Empfindungen, wie sie durch Wurmsinne erzeugt werden. Ein Stern hat nicht bloß viel mehr Sinnesorgane als ein Wurm – die Sinnesorgane eines Sterns sind auch qualitativ von denen eines Wurms verschieden. Aus diesem Grunde wollen wir ja Sterne werden, damit wir endlich mal rauskönnen aus unsrer alter Empfindungswelt. Als Wurm sehen wir immer nur mit unsern alten Augen – das, was wir eben sehen können; es ist nichts für uns dahinter. Als Stern aber haben wir hinter jedem Sinneseindruck noch eine ganze Portion weiterer Sinneseindrücke zu gleicher Zeit. So wie wir heute als Wurm im durchsichtigen bunten Glase nicht bloß dieses. sondern noch das, was dahinter ist, wahrnehmen könner – so werden wir später als

Stern Ähnliches hinter aller Eindrücken haben - die Transparenz der Empfindungen wird in Permanenz erklärt werden - wir werden überal mit jedem Sinnesorgan, das astraler Natur ist, gleich noch weiter zu empfinden vermögen - gleichsam durch durchbrochene Wände durch - durch ein paar Dutzend transparenter Wände hindurch. Der Stern kommt eben in vielfacher Art hinter seine Sinneseindrücke - was uns noch nicht gelang - da ja für uns durchsichtige Glaswände immer nur einen einzigen Sinneseindruck bilden.«

Leider verschlang jetzt ein furchtbares Sturmgetöse - begleitet von schrillem Schienengeknack - die ganze Debatte.

Eine blendende Helligkeit drang aus der Höhe herunter auf die Rennbahn hernieder.

Eine Brillantensonne durchquerte funkelnd die Richtung der Götter-Allee; die Sonne schien hoch über den perlartigen Wolkenkronen.

Aber während die neue Sonne so viel Licht verbreitete, entdeckten die wettfahrenden Geister plötzlich unzählige feinste bunt glitzernde Spinngewebefäden, die die Geister mit den Kugelsternen verbanden; es waren gradezu unendlich viele Fäden da, von denen unzählige weit nach vorn mit den Schienen parallel gingen.

»Aha!« rief da der Knipo, »so sind wir also sämtlich doch noch mit unsern Sternen verbunden. Wie mich das freut!«

Die Brillantensonne verschwand jedoch bald hinter den Kugelsternen. Und mit der Sonne verschwanden auch die nie gezählten Spinngewebefäden.

Der Lärm der fahrenden Geister war plötzlich verstummt.

Indessen - Knipo fand bald seine Sprache wieder und sagte zu denen, die mit ihm zusammen auf dem Wagenverdeck lagen und sich immer noch krampfhaft an Ecken und Haken festhielten: »Meine Herren! Wovon ich immer überzeugt war, hat sich also plötzlich als unumstößliche Wahrheit erwiesen. Wir sind sämtlich noch mit den Sternen, von denen wir uns loslösen wollten, verbunden. Ja – das Eine gehört eben dem Anderen und umgekehrt! Bewundert meinen horrenden Tiefsinn! Es ist mir bei den Fäden, die uns festhalten, nicht recht begreiflich, wie wir jemals selbständige Sterne und Götter werden sollten. Ich sehe auch gar nicht ein, warum wir durchaus und durchum sogenannte Sterne und sogenannte Götter werden möchten. Ich habe den ganzen Selbständigkeitsrummel eigentlich bloß so mitgemacht wie eine Modesache. Schließlich muß doch jeder das bleiben, was er war – wenn er nicht aufhören will – zu sein.«

»So spring doch ab!« riefen da die andern.

»Ih nein!« erwiderte dazu Knipo lachend, »ich mache zunächst alles mal mit! Es kann ja niemand wissen, wo´s uns vergönnt sein dürfte, noch mal zu enden. Außerden möchte ich mal wo festen Fuß fassen; mich macht die Fußschonung der Geister zu empfindlich in der Sohle; ihr verdanken wir wohl die feinen Fäden, mit denen wir so fein angebunden sind.«

Die anderen Geister dachten voll Geringschätzung über Knipos schwach entwickelte Selbständigkeitssucht; sie schauten sich voll Sehnsucht die großen Kugelsterne an, neben denen sie vorüberfuhren.

Rechts und links schienen unendlich viele Kugelsterne die Allee zu bilden – aber es waren noch lange nicht unendlich viele – rechts stand bloß eine halbe Million – und links desgleichen. Die Geister erschraken nur, als sie bemerkten, daß jeder nächste Stern beträchtlich größer war als der vorhergegangene.

Die Wurmgeister sollten so groß werden wie die Sterne der Allee; jeder früher durchs Ziel schießende Wurmgeist mußte also größer werden als sein Nachfolger.

Danach mußte den Wurmgeistern, die jetzt im Schienengeklapper um die Wette dahinjagten wie hungrige Wölfe, noch viel mehr daran liegen, einander zuvorzukommen – die ganze zukünftige Größe stand ja auf dem Spiele – die Kugelsterngröße.

Es wurde den Wurmgeistern ganz schwül zu Mute, als sie sich dieser Einsicht nicht mehr verschließen konnten. - - - -

Und den Wurmgeistern ward die Fahrt sehr lang.

»Steigert Eure Kräfte!« riefen sie sich gegenseitig zur Ermunterung zu.

Aber ihre Kräfte ließen sich nicht mehr steigern.

Ein Kugelstern wurde nach dem andern genommen - doch die Kugelsterne wurden immer größer - und es dauerte immer länger, eh die Maschinen an einem der ungeheuren Sternleiber vorbeikamen.

Und es ergriff die armen Geister eine maßlose Ungeduld; auf ihren Schultern begann es zu prickeln - den Geistern ward es immer schwerer, die alte Sternschwere auf ihren Schultern zu ertragen.

Voll Sehnsucht starrten die Ungeduldigen zu den großen Kugelsternen hinüber.

»So sollen wir werden!«

»So sehen Götter aus!«

So sagten die Geister der Rennbahn.

Aber die Götter, die immer noch ihre Perlkronen aufhatten, bekamen allmählich Gesichter - ihnen wuchsen scharfe Augen und Nasen und Bärte - und um ihren Mund begann es zu zucken.

Und plötzlich lachten die Kugelsterne grell auf, daß die Wettfahrer zusammenschraken.

Und viele Geister sprangen ab von den Maschinen und blieben zurück, denn sie verzweifelten daran, zur richtigen Zeit durchzukommen.

Die Maschinen hatten nicht gelitten; die Flügelschlitter und die Korbketten, die sich immerzu überschlugen, behaupteten abwechselnd wie am Anfange die Führung - die Bahnzüge rasselten unaufhörlich weiter, daß die Funken nur so stoben - die Luftschiffe knallten auch jetz noch ihre Schüsse in die Alleeluft - die Stelzmaschinen trabten unermüdlich weit ausgreifend dahin, und die geflügelten Räder drehten sich polternd und schwankend wie bisher, und die durchsichtigen Kugeln, in denen so viele Geister saßen, rollten auf ihren Schienen so gleichmäßig weiter, als wenn nichts los wäre - und die Harpune tat ihre Schuldigkeit - und die Kühlapparate taten eben falls ihre Schuldigkeit. -

Trotz alledem waren die Geister müde geworden und wollten bald sämtlich nicht mehr weiter fahren.

»Es hat ja keinen Zweck!« riefen sie gähnend und händeringend und ohne jedwede Spannkraft.

Jahre hatten sie gebraucht, um bis zum siebenunddreißigsten Alleestern zu gelangen.

Und schneller fahren konnten sie nicht.

Da ging denn ein gellender Pfiff durch die lange, lange Allee.

Die Wurmgeister blickten erstaunt auf.

Die Gesichter der Kugelsterne wurden dunkler und dunkler und zuletzt ganz schwarz.

Und plötzlich machten alle Kugelsterne gleichzeitig eine halbe Wendung nach rechts - und die Rennbahn brach unter betäubendem Donnergeknarr durch und durch entzwei.

Sämtliche Maschinen fielen gleich mit durch und sanken in die Tiefe. Und die Wurmgeister fielen aus den Maschinen und Wagen raus nach oben, da das Eisen schwerer ist als der Geist; einzelne Maschinen ließen allerdings ihre Geister nicht los.

Und in diese große Katastrophe blendete eine zweite Brillantensonne hinein, die noch größer war als die erste.

Und abermals sahen die Geister unzählige glitzernde Spinngewebefäden, die nun alle nach oben zu den fortziehenden Kugelsternen hinaufführten.

Die Wurmgeister fielen immer tiefer - immer tiefer - hinab.

»Aha!« sagte Knipo, »unsre Sterne lassen uns nicht los!«

Und die unzähligen Spinngewebefäden glitzerten in unzähligen Farben.

EIER!

Das wogte hin und her und schien los zu wollen und schien nicht los zu können.

»Das ist das alte Lied des Lebens – es kann sich alles nich loslösen von dem anderen – und es paßt alles nicht zusammen.«

So sprachen die Geister, während sie immer tiefer in den Nebeln der Welt versanken – in den Nebeln, die hin und her wogten und nicht fortkonnten.

Und während die Geister glaubten, wieder im Unergründlichen zu sein, zog alle Freude von ihnen fort.

Und es bildete sich eine harte Kruste um ihr ganze Wesen.

Und diese Kruste ward den Geistern sichtbar – aber sie konnten durch die Kruste durchsehen wie durch Glas.

Und es berührte die Geister nichts mehr; das ganz Durcheinander der Weltnebel ward ihnen zum Bilderspiel; die Glaskruste ließ nichts näher an die Geiste ran.

Mittlerweile wölbte sich eine jede Glaskruste und erhielt die Form von großen Eiern.

Als das die Geister bemerkten, sagten sie seufzend: »Na ja, nun dachten wir schon, bald mal Götter zu werden – und nun sind wir wieder bloß die reinen Eier. Aller Anfang ist schwer. Aber daß der Anfang immer wiederkehrt, ist noch schwerer zu ertragen.«

Müde bewegten sich die Nebelschleier.

Die Geister in ihrer Verkapselung sanken tiefer und stürzten in ein großes Meer. Es staken grade zehntausend Geister in den Glaseiern nicht mehr. -

Jetzt wirbeln die Wassermassen durcheinander - wie Viehherden, in die der Blitz schlug.

Und die zehntausend gehen unter in den aufgeregten Wassermassen und glauben, daß jetzt bald alles vorbei sein wird - das ganze lange Leben.

Aber die eiförmigen Glaskrusten halten auch das Wasser von den Geistern ab, daß sie ruhig weiterleben können, obschon sie sich nicht bewegen können - wie Gelähmte.

Die zehntausend bleiben leben, doch sie haben keine Freude am Lebenbleiben.

Die Glaseier sinken in ein helleres Wasserreich, in dem bandwurmlange dickköpfige Schlammschlangen umherschwimmen; die Schlangenkörper sind stellenweise von topasartig leuchtenden Gewändern umgeben, die sich zierlich aufbauschen und sich anschmiegen in gewundenen knittrigen Faltengebilden an die Schlangenhaut.

Die Faltengebilde, die knotenartig an vielen Stellen des Schlangenleibes haften, leuchten wie Topase, hinter denen Licht ist.

Die zehntausend wissen nicht mehr, ob sie steigen oder sinken.

Knipo, jener Geist, der nie recht weiß, ob er sich ärgert oder sich freut, befindet sich ebenfalls in einem Glasei.

Die Geister bemerken es schmerzlich, daß sie sich nicht bewegen können - die Glaskruste ist so fest - und schließt jetzt auch den Mund.

Verworrene dumpfe Töne dringen durchs Wasser - als kämen sie aus weiter Ferne.

Die Glaseier schwimmen so ruhig wie hohle Steine - die Schlammschlangen bleiben ziemlich weit ab - zu denen gesellen sich glatte Seestiere mit dicken gelben Augen und dicken gelben Entenfüßen; die Seestiere werden aber scheu und gehen auf die

Schlangen wütend los und zerreißen mit ihren hakigen Hörnern die leuchtenden Topasgewänder, daß die Fetzen nur so rumwirbeln. –

Und Flundermänner bliesen dazu auf großen Panzerschnecken einen Parademarsch, der den Geistern sehr gedämpft und klimprig klang. Die Flundermänner hatten ganz lange steife Hälse und braune Würfelköpfe und Flunderleiber, die so schlapp wackelten wie faule Fische; die Würfelköpfe sahen dagegen so fieberhaft erregt aus, daß sie Angst einflößten.

Und umgestülpte graue Töpfe schwammen herzu; in den Töpfen staken am Schwanz festgebundene Aale; die Aale verursachten gleichsam als Klöppel einen dumpfen Glockenlärm, der die Nervosität ins Bestialische steigern konnte; mancher Topf ging durch einen Aalkopf entzwei, und die geborstenen Topftöne machten den gedämpften Glockenlärm so unheimlich wie blutbefleckte Leichen.

Und alte Priester fielen samt jungen Soldaten zwischen die kämpfenden Stiere und Schlangen, die gleich Platz machten; viele Töpfe wurden dadurch heftig zur Seite gegen die Flundermänner geschleudert, daß vielen von diesen der steife Hals durchbrach; viele braune Würfelköpfe sanken mit ihren Panzerschnecken am Munde rasch in die Tiefe.

Und stille Seesterne kreisten um die Soldaten und die Priester rum. Und die Seesterne machten einen so friedlichen Eindruck.

Knipo sagte: »Die Seesterne sind gut!«

Doch seine Stimme war nicht zu hören; die Glaskruste ließ die Geisterstimme nicht mehr durch, obwohl der greuliche Topflärm und das klimprige Trompeten der Flundermänner noch als dumpfe Radaumusik von den Geisterohren empfunden wurde.

»Was soll das?« fragten sich die Geister fortwährend – sie wurden ganz wirr im Kopf; es hob sich die Feierlichkeit der Priester so merkwürdig von dem trivialen Getue der Soldaten ab, und die stillen Seesterne bewahrten eine so unnatürliche Ruhe vor den grauen Töpfen.

Die Flundermänner bliesen unauflhörlich ihre zimperliche Marschmelodie, nach deren Takt die Schlangen und Stiere kämpften – so pausenlos, daß es einfach blödsinnig wirkte; daß die Töne nur gedämpft von den Geisterohren aufgenommen wurden, machte ihnen das wirre Lebensbild nicht sanfter.

Und die Fetzen der Topasgewänder leuchteten dazu, daß auf dem wüsten Gedränge ein durchdringender Glanz bebte, der so angriff - wie der Glanz gestorbener Träume, wenn er sich vermischt mit dem Glanz wahnsinniger Rauschgebilde, die so alt sind.

Die Glaseier warfen den Glanz heftig zurück, daß von den Geistern ein Licht ausging - wie von trunknen Todeswonnen.

Und dieser Glanz und dieses Licht krallte sich in diesen großen Wirrwarr mit Gespensterfingern so schmerzhaft tief hinein.

Bildschöne Kinder mit widerlichen gelben Weibermasken im Arme sanken auch in die glänzenden Wassermassen; jedes Kind sah so lustig aus wie ein Reiterleben.

Und ganz feine lange Säulen, die ziseliert und durchbrochene Arbeit waren, schwammen oben wie ein großer Heringsschwarm vorüber; fette Kröten krochen auf den Säulen auf und ab im gleichmäßigen langsamen Kriecherschritt.

Jede Säule war anders als die nächste und oft so köstlich wie ein flinkes Pferd.

»Was soll das?« fragten sich die Geister, während sie mit den Achseln zucken wollten.

Und große langsam sich bewegende Strudel entstanden die alles umeinander wirbelten und auch die lichtsprühenden Glaseier ergriffen und hineinzerrten in den seltsam glänzenden Wirrwarr, den keiner verstand.

Doch trotz allem Regelhohn bewegte sich alles so, daß die Geister weltferne Rhythmen zu fühlen glaubten.

Und Nixen sprangen plötzlich in das glanzumwirbelte Strudelreich.

Und die Nixen bewegten sich wie schlanke Tänzerinnen - und es zuckte so viel Spott durch ihre Bewegungen, die nur so leise an Tänze erinnerten.

Ihre Finger ahmten den Takt nach, in dem die Schlangen mit den Stieren kämpften, und die langen flossigen Fischbeine der Nixen bewegten sich, wie sich die Aale in den Töpfen bewegten. Und die anderen Bewegungsspiele in den Strudeln versuchten die Nixen ebenfalls nachzuahmen.

Und die Geister verstanden das Getue der Nixen nicht im mindesten.

Und die Geister konnten nicht fragen; das Eiglas verschloß ihnen den Mund.

Indessen - nun senkte sich in die Geister eine neue Neigung: sie wollten unwillkürlich tun, was die Nixen taten - - auch wie diese die Bewegungen, die sich in den gemächlich kreisenden Glanzstrudeln entfalteten, nachahmen.

Das ging nun zwar nicht - des Eiglases wegen - dafür ging jedoch was andres: sie konnten das Strudelreich, das jetzt nur noch ganz langsam kreiste, allmählich ein bißchen verstehen; es bewegte sich der ganze Krempel so wundervoll.

Und die Nixen lachten und sprachen, daß es dumpf hallte - wie in fernen Kellergewölben: »Ihr lacht Euch scheckig, wenn Ihr den ganzen verworrenen Hexensabbat des Lebens nur als Bewegungsspiel nehmt. Es macht irrsinnig, wenn man alles für tiefsinnig halten möchte. Das Tiefsinnige muß sich doch immer, um als solches zu gelten, aus einer Fülle von Flachsinnigem herausheben können. Darum laßt das Tiefsinnige seitwärts stehen und nehmt zunächst mal alles bloß als Bewegungsspiel, so werdet Ihr die Welt besser begreifen als bisher.«

Knipo wurde sehr ärgerlich.

» Hier baumelt ein Rettungsanker für die Flachköpfe!«

Also wollte er rufen, leider vermochte er nicht, sich hörbar zu machen.

Die Worte der Nixen, die sich jetzt ins dunkle Wasser zurückzogen, wirkten aber nach, und viele Geister gaben zu, daß das Reich der sinnverwaltenden Vernünftigkeit immer nur klein sein dürfte, denn wenn's überall zu sehen und zu haben wäre, so wär's doch gleich was Gewöhnliches.

»Das Gewöhnliche muß aber grundsätzlich vermieden werden!« sagten sie eifrig.

Und die Wassermassen wurden ruhig.

Und nun zog der Glanz fort aus dem ruhigen Wasserreich - und der Wirrwarr darinnen wurde grau und farblos - und die Gestalten schrumpften zusammen und sahen elend und ärmlich aus, obgleich sie sich im ganzen genommen lebhafter bewegten als bisher.

Und abermals erschienen die Nixen.

Und abermals ahmten die Nixen das Bewegungsspiel der Schlangen, Stiere, Soldaten, Aale und Priester - Töpfe, Seesterne, Flundermänner, Kinder, Säulen und Kröten nach.

Und die Geister verstanden das Nixenspiel; sie empfanden als richtig, daß auch der Reichtum an Glanz und Farbe nicht als solcher fühlbar werden könnte, wenn er überall zu sehen und zu haben wäre - und daß das Bewegungsspiel farbloser Massen nicht weniger reizend wirke - wie das der farbenreichen und glanzvollen.

»Im Farblosen«, wollte Knipo sagen, »wirken die Bewegungen als solche noch viel mehr.«

Und die Geister bedauerten, daß sie sich nicht so bewegen konnten wie die Nixen.

Die Geister hatten sich aber allmählich an den durchgerührten Lebenspunsch mit seinem Wirrsal gewöhnt und schwammen ganz munter drinnen herum.

»Man muß sich an die Welt nur gewöhnen - nur gewöhnen - und nicht immer höhnen.«

Diese Worte hätten sie gerne laut ausgesprochen.

Sie merkten aber währenddem, daß allmählich alles so recht schmutzig wurde - so recht unanständig - gemein und ekelhaft.

Trotzdem blieb das Bewegungsspiel so reizvoll wie bisher. Die Nixen riefen - in gedämpften Baßtönen: »Ja - ja - das Anständige muß auch seinen Hintergrund haben, sonst wird es gewöhnlich.«

Knipo fand, daß die Verworrenheit einen ganz neuen Reiz durch die schmutzigen Elemente erhielt; er hätte so gerne gesagt:

»Glaubt doch den Nixen nicht ein einziges Wort! Die Geschichte wird tatsächlich immer köstlicher, obgleich sie schmutziger wird.

Der Schmutz macht ja das Bewegungsspiel so schrecklich reich, er braucht wirklich nicht entschuldigt zu werden.«

Die Nixen wurden nun leider so scheußlich schmutzig - so voll Schlamm und Unrat -, daß sie - scheinbar aus Scham - wieder im dunklen Wasser verschwanden.

Und die Geister bemerkten über sich ein helles weißes Licht.

Und sie kamen an die Oberfläche des Meeres - obgleich sie geglaubt hatten, daß sie immer tiefer runterkämen.

Das Meer war so weiß, als wäre weiße Kreide drin aufge löst.

Und der alte Himmel war gelb wie frische Butter.

Und die Geister stiegen in den Himmel empor wie Luftballons.

Und die Glaseier lösten sich oben auf und fielen tropfend in das Kreidemeer hinein - das Kreidemeer zischte. Und die zehntausend konnten sich wieder bewegen und atmeten auf.

LUST!

Geister, die sich lange nicht bewegen konnten, bewegen sich wieder.

Und jetzt wollen sie wieder selbständig werden, um noch anders die Welt genießen zu können; nicht hoffen sie mehr, Götter zu werden - doch sie hoffen immer noch, was andres zu werden.

Und wenn sie was andres geworden sind, dann wollen sie erst mal wieder genießen - anders genießen - anders - eine andre Welt.

Alles Göttliche wird im fernen Hintergrunde auch immer wieder anders - bald größer und bald kleiner.

Und während sich die Geister recken und drehen und den Kopf nach allen Seiten biegen, sehen sie, wie im weiten gelben Himmel unzählige blutrote Sterne aufleuchten. Doch die blutroten Sterne stehen nicht still; sie fliegen herum, wie Fliegen im Sonnenschein hin und her zucken - und nur zuweilen fest bleiben in der Luft, um noch heftiger hin und her zu zucken.

Beim Anblick der zuckenden Sterne glauben die Geister, daß sie fühlen, wie ihre Selbständigkeit langsam aufkeimt, und ihnen wird so stolz zu Mute, als wenn sie flott in die Unsterblichkeit segeln dürften.

Die Geister gruppieren sich kegelförmig, so daß sie zusammen eine runde nach unten offene Tüte bilden. Hoch oben auf der Spitze steht Knipo.

Mattgrau sind die Geister, ihre Gewänder werden steif und kriegen grade regelmäßige Falten; die Köpfe heben sich höher, so daß die Hälse länger werden. Die Hälse werden sehr beweglich, und auf den Köpfen bilden sich glänzende Opalaugen, so daß die Geister viel mehr seher als bisher.

Die Geistertüte dreht sich – ganz langsam.

Und am gelben Himmel, in dem die blutroten Sterne immerzu hin und her zucken wie Fliegen im Sonnen schein, entwickelt sich ein buntes Lampenfest, was sehr seltsam wirkt, da's ganz hell bleibt.

Zunächst entstehen weiter unten ringsum in der Runde große hellblau leuchtende Pyramiden; sie bilden einen weit abstehenden Pyramidenkranz um den runden hohlen Fuß der Geistertüte.

Und über den hellblauen Pyramiden entstehen dunkelblaue Riesenoktaeder; diese bilden einen noch weiter abstehenden Kranz, der sich noch tiefer in den gelben Welthimmel hineinschiebt.

Und aus diesen unteren hellblau und dunkelblau leuchtenden Lampenkränzen schießen hellgrüne und dunkelgrüne Raketen hoch in die gelbe Himmelshöhe und bleiben und vereinen sich in einem dicken Punkte hoch, hoch über Knipos Kopf, daß die Geister die Empfindung haben, sich inmitten einer Kranzkrone zu befinden.

Und die hellblauen Pyramiden und die dunkelblauen Oktaeder drehen sich unten, und mit ihnen drehen sich die hellgrünen und dunkelgrünen Raketen. Die Raketen bestehen aber aus lauter leuchtenden kleinen Kugeln, die sich auch drehen und wie hellgrüne und dunkelgrün Perlen schimmern und spiegeln.

Zwischen den grünen Raketen zucken noch wie anfangs auf dem gelben Himmelsgrunde die blutroten Sterne wie Fliegen im Sonnenschein hin und her.

Und dieser sich drehende Raketenkorb verwirrt die Geister, die mit ihren Opalaugen in der Mitte stehen wie eine schlanke Kirchturmspitze.

Es ist aber sehr still im weiten All.

Und Knipos Stimme erschallt und sagt laut von oben herunter: »Wohl dem, der sich niemals wundert über die Wunder der Weltbewegung. Wohl dem, der ruhig alles hinnimmt wie ein Geschenk – und nicht mehr haben will. Und ich weiß, daß es Geister gibt, die so viel haben, daß sie gar nichts damit anzufangen wissen – und dennoch immer mehr haben wollen. Ich weiß das und wundre mich auch darüber nicht.«

Knipos Stimme hallt weithin - wie die Stimme eines Predigers in der Wüste.

Die Pyramiden, die Oktaeder und die Raketen bleiben wohl an ihrer Stelle - aber sie drehen sich ohne Unterlaß vor dem gelben von roten Sternen durchzuckten Himmel um sich selbst.

Und helle weiße Sporen, die Sicheln ähneln, springen überall aus den hellgrünen und dunkelgrünen Raketen heraus.

Und die weißen Lichtsicheln machen alles so furchtbar hell, daß die gelben, roten, blauen und grünen Farben fast dunkel erscheinen - und daß wieder die Spinngewebefäden, mit denen die Geister an ihre Sterne gebunden sind, sichtbar werden.

Die Fäden glitzern im hellen Licht und gehen nach allen Seiten durcheinander; sie gehen auch nach oben und nach unten - kreuz und quer.

Und die Fäden glitzern so perlmutterbunt im hellen weißen Sichellicht.

Und die Raketen recken sich höher und höher empor, daß sie auch zusammen einen runden Kegel bilden, dessen auch schlanke Spitze eine unermeßliche Höhe erreicht.

Und nun dreht sich dieser ganze Raketenkegel wie die Geistertüte langsam um sich selbst. Und dabei drehen sich auch noch die einzelnen Raketen um sich selbst, daß die weißen Lichtsicheln nur so blitzen.

Die blauen Pyramiden und Oktaeder drehen sich mit dem Raketenkegel mit und auch noch um sich selbst - um sich selbst drehen sie sich noch schneller als bisher.

Und alles dreht sich allmählich immer schneller, daß die Geister den gelben Himmel mit den roten Sternen bald nur noch als zuckende Streifen empfinden.

Und die Geister können dieses sich drehende Lichtspiel nicht verfolgen - trotzdem sie so viele Opalaugen haben.

Und sie wollen doch das farbige Lichtspiel - dieses himmlische Lampenfest - genießen - und sie können's doch nicht fassen - es geht ihnen alles um und um.

Und trotzdem erfüllt das Lampenfest die ganze Geistertüte mit wundersprühender Lust.

Und Knipos Stimme wird nochmals oben hörbar- sie sagt jetzt etwas hastig: »Grade das Verwirrende erzeugt doch den Gipfel aller Lebenslust. Grade dort, wo wir nicht mehr folgen können, fängt der große Rausch an, der uns ganz und gar durchglüht.«

Da fragt eine kleine wispernde Stimme aus der Geistertüte: »O Knipo, sage bloß, wo hast Du alle Deine Weisheit her?«

Knipo erwidert nach einer Pause melancholisch: »Das weiß ich nicht.«

Und dabei erinnert er sich an leuchtende Nixen und an ein Bahnwagenverdeck, an rasselnde Schienen und lachende Kugelsterne – aber seine frühere Zeit erscheint ihm ganz voller Nebel.

Leise fragt er: »Was war ich, als man von der großen Wettfahrt noch nichts wußte?«

Und wieder wispert's aus der Geistertüte heraus und spricht kichernd: »O Knipo, Du wirst wohl geölt haben – die Maschinen.«

»Nein«, tönt's von oben zurück, »ein schwarzer Diener war ich nicht. Ich glaube jetzt aber zu wissen, woher wir alle unsre Weisheit her haben: von den Sternen, an die wir immer noch gefesselt sind, müssen wir unsre Weisheit her haben.

»Haben wir«, fragt da wieder unten eine kichernde Stimme,» auch unsre Dummheit von den Sternen her?«

Und Knipo entgegnet zum zweiten Male melancholisch: »Das weiß ich nicht.«

Die Raketentüte dreht sich langsamer und wird wieder durchsichtig – und goldene und silberne Schlangen ringeln sich um die grünen Raketen und lassen sich herunter und schnappen nach den dunkelblauen Oktaedern und nach den hellblauen Pyramiden.

Und die Geister der Tüte erinnern sich an lauter verworrene Geschichten, die sie früher mal erlebt zu haben glauben – und die Geschichten ringeln sich wie Schlangen um ihren Hals – und die Luft wird ihnen verwirrend.

Und sie wollen das Verwirrende abschütteln und darum wieder selbständig werden, da sie glauben, daß die Selbständigkeit alles klar und übersichtlich machen müsse.

Und die Geister verfluchen die unzähligen Spinngewebefäden, die sie nicht zerreißen können - die so dehnbar sind - und die sich jetzt teilweise um die goldenen und silbernen Schlangen wickeln; währenddem fühlen die Geister, daß ihr Hals wieder frei wird und die Luft besser.

Doch Knipo wird höhnisch und ruft hart durch die stille Luft: »Wenn ich nicht irre, sind selbständige Leute gar nicht fähig, zu genießen. Jedenfalls kann die Selbständigkeit den Genuß nicht erhöhen. Der eigentliche Genuß beginnt immer erst da, wo die Klarheit aufhört - das ist nun mal meine Meinung. Wo aber die Klarheit aufhört kann von Selbständigkeit nicht mehr viel die Rede sein. Demnach bin ich wohl im Recht, wenn ich behaupte, daß die selbständige Herrlichkeit eine wenig erbauliche Sache ist.«

Da werden die Geister so wütend wie alte Hetären und reden alle übereinander weg wie Kinder, die aus der Schule kommen.

Schließlich bringt eine rauhe Stimme den Lärm zun Schweigen und sagt zornspritzend: »Knipo, Du erlaubs Dir da oben, lauter dummes Zeug zu reden und das für Weisheit zu erklären. Deine alte Manier! Aber wenn wir diese Lichteindrücke nicht in uns aufnehmen können werden wir sie nicht genießen. Was sollen wir mit der Verworrenheit anfangen? Was nützt es uns, wenn uns die ganze Welt ewig und immer als ein großes sinnloses Lichtspektakel erscheint?«

»Hoho!« ruft da Knipo hoch oben, »nur die Gebrechlichkeit unsrer Aufnahmefähigkeit ist der Grund aller Weltverworrenheit. An unsern Sinnen liegt es, daß uns die Welt so verworren erscheint - die Welt selbst ist es gar nicht.«

»Aha!« wispert da wieder eine kleine Stimme in der Geistertüte, »also haben wir doch Ursache zu wünschen, daß sich unsre Sinne verändern. Es muß wahrhaftig alles anders werden - vergöttlichen müssen sich unsre Sinne! Ich werde schon zufrieden sein, wenn bloß meine Sinne göttlich werden - ich selbst will schon ruhig bleiben, was ich bin.«

Das Lichtfest ist so still, obgleich sich die Raketentüte mit den Schlangen, Pyramiden und Oktaedern allmählich wieder schneller dreht.

Und Knipo sagt langsam: »Vielleicht sind unsre Sinne bloß deswegen so unvollkommen, damit wir nicht alles auf einmal aufnehmen. Wir müssen uns doch was für spätere Zeiten aufbewahren. Vielleicht werden unsre Sinne immer vollkommener. Die Weltbilder sollen uns wahrscheinlich erst allmählich in ihrer ganzen Großartigkeit zugänglich werden.«

Da lachen sehr viele Geister in der Tüte laut auf und schreien: »Das ist ja grade unsre Meinung schon seit Olims Zeiten! Deshalb wollen wir doch Götter werden!«

Und alle rufen zusammen mit ihrer ganzen Lunge: »Wenn wir doch erst Götter wären!«

»Wenn wir doch erst Götter wären!«

Knipo aber spricht ärgerlich: »Ihr scheint den Wert der Gegensätze nicht zu begreifen. Die besten Sinne sind für uns so gut wie wertlos, wenn wir nicht die weniger guten kennengelernt haben. Ihr wollt, daß alles gleich vollendet da sei – während doch die langsame Entwicklung zum immer Besseren viel köstlicher ist als das Beste ohne Gegensatz und ohne Entwicklungsfähigkeit.«

Die Geistertüte steht still – und die Raketentüte steht auch still.

Und die kleine wispernde Stimme ruft so laut, daß es energisch klingt: »Wir sind auf der wilden Jagd nach dem großen Diadem der Gottheit, und Knipo soll uns nicht in die Zügel fallen.«

Die weißen Lichtsicheln werden von den silbernen und goldenen Schlangen verschlungen.

Und es wird den Geistern vor ihren Opalaugen alles sehr dunkel.

Die Fäden verschwinden in ein paar Augenblicken.

Und die Raketentüte steigt mit den Schlangen, Oktaedern und Pyramiden hoch empor und wird bald unsichtbar oben in der dunkleren Höhe.

Der Himmel wird ganz schwarz in ein paar Augenblicken.

Jetzt aber leuchten die Geister selber und erschrecken, wie sie sich so leuchten sehen.

THEATER

Geister, die lange zusammen waren, erkennen sich plötzlich nicht wieder; sie sind ganz verändert; ihr Rumpf ist fort, und ihr Kopf besteht nur noch aus zwei kleinen Ohren und unzähligen Opalaugen.

Eine schlanke Geistertüte von regelmäßiger Kegelform ist zu einer Opalaugentüte geworden.

Die Opalaugentüte leuchtet wie faules Holz; die Ohren der Geister ähneln dunklen Perlgebilden, die aber das gleißende Opalisieren der Geisteraugen nicht stören.

Vom Fuß der gleißenden Tüte, die wie die ungeheure Glanzspitze einer verborgenen Pickelhaube hoch in den dunklen Himmel emporragt, geht jetzt nach allen Seiten flach ansteigend ein grünes Moosland trichterförmig in die Höhe und bildet eine ungeheure runde flache Schale - eine grüne Mooslandschale -, in deren Mitte die Geisterspitze steht- wie der Schirmstock in einem umgekehrten offenen Regenschirm.

Doch die Mooslandschale ist nicht gewölbt.

Der Himmel, der so lange dunkel war, wird hell - weiße Wolken machen den Himmel hell -, der ganze Himmel besteht bald nur aus sehr hoch gestiegenen weißen Wolken, die klein aussehen - wie ganz kleine Lichtblüten.

Die Opalaugen der Geister sehen nach allen Seiten und sehen alles anders als sonst - sehen wie durch unzählige ganz feine durchsichtige Schleier, die von den Bildern der Welt nicht fortnehmen, sondern zutun.

Und ganz langsam dreht sich die spitze Tüte - die Drehung ist kaum merklich.

Und Riesenpilze wachsen aus dem Moosboden heraus.

Die Riesenpilze kriegen oben sehr dicke blaugraue Kopfe mit langen wächsernen Nasen. Und andere Pilze, die neben den bekopften wachsen, kriegen oben Hände mit dicken rosafarbigen Fingern. Und diese Finger legen sich an die wächsernen Nasen. Und da tun sich die breiten Mäuler der Pilzköpfe auf und reden unverständliche Worte.

Doch in der Mitte die Geister mit den feinen Perlenohren verstehen einzelne Sätze - so diese: »Der dicke Rausch hat uns geboren!«

»Wir sind die grandiosen Symbolika des Rausches.«

»Wir allein verstehen den Rausch, weil wir selber Rausch sind - und weil sich der Rausch nur selber verstehen kann.«

Und ihre Köpfe werden ganz unförmlich.

Ein grünlicher Schimmelpilz mit gelben Flecken, aus dessen Schädel spiralförmige, bleiartige Blätter herauswachsen, sagt bedächtig: »Gibt es eine berauschendere Sache als die vollkommene Rauschlosigkeit? Die könnte doch der Gipfel der Selbständigkeit sein! Ja! Es ist das nicht unmöglich!«

Und ein andrer Pilz, dessen Kopf wie ein altes verfallenes Felsentor aussieht, fragt leise: »Liebe Rauschbrüder, wißt Ihr vielleicht, ob wir im Streben nach dem Rausch mehr nach höherem Bewußtsein oder mehr nach Bewußtlosigkeit verlangen? Läge uns an dieser, so müßte uns die Selbständigkeit sehr egal sein. Andernfalls wär's vielleicht anders.«

Es ertönt keine Antwort.

Nach langer Pause spricht die klappernde Stimme eines schwarzen Keulenpilzes: »Denken wir nur, um berauscht zu werden? Oder - werden wir nur berauscht, um denken zu können?«

Und ein andrer Pilz, der blaue Krebsscheren statt der Haare auf dem Kopfe hat, sagt in langgezogenen Tönen, während seine Radaugen furchtbar rollen: »Wir sind heute wieder so recht nüchtern. Das macht wahrscheinlich das viele Denken. Wollen wir denn den Rausch begreifen? Der sieht ja täglich anders aus. Chamäleon!«

Und die Pilze schwanken und steigen mit ihren Fadenwurzeln aus dem Boden und gehen wackelnd hinauf zum fernen, fernen Mooslandsrande; mit den dünnen Wurzelbeinen kommen die Dicken nur langsam vorwärts.

Grüne Dämpfe steigen vorn auf.

Und die Pilze werden unsichtbar.

Ein Windzug – und die grünen Dämpfe sind fort.

Knirschend steigen aus dem Moosboden durchsichtige Kristallsäulen heraus.

Astartige Arme wachsen den Kristallsäulen; die Arme sind auch Kristall und haben keine Hände – an Stelle der Hände entstehen Kristallköpfe mit lauter rechteckigen Formen – auch die zwei Augen der Köpfe sind rechteckig.

Und die Kristallwesen unterhalten sich; es reden die sämtlichen Armköpfe einer Säule für gewöhnlich im Chore.

Die Geister der Tüte vernehmen die folgenden Reden und Gegenreden: »Meine Wenigkeit hat bislang erst zweitausend Entwicklungsprozesse durchgemacht. Aber ich würde nette Lügenmäuler haben, wenn ich behaupten möchte, ich hätte jemals in meinem langen Leben eine Ahnung davon gehabt, wohin mich diese ganze Entwicklung führen könnte.«

»Ist es denn nötig, daß die Endziele der Entwicklungsprozesse uns ganz klar wie Kristallsäulen vor Augen stehen? Ist es nicht genug, daß wir immer noch ein unbestimmtes Vergnügen daran finden, uns weiterzuentwickeln? Hätte die Entwicklung noch irgendwelchen feineren Reiz, wenn wir über die Endziele des ganzen Weltbestrebens völlig im klaren wären? Wären wir in diesem Falle nicht am Ende aller Weisheit und entwicklungsunfähig? Ist aber nicht grade die stete Entwicklungsfähigkeit die Krone der Lebenskraft und Lebenslust?«

»Alle diese köstlichen Fragen hindern uns nicht, Betrachtungen über die Entwicklung unsrer Kristallseelen auch fürderhin anzustellen. Für mich gibt es immer noch zwei Kardinalfragen: Entwickeln wir uns zur Selbständigkeit, wenn wir immerzu anders werden - oder entwickeln wir uns tatsächlich zu unbestimmbaren Größen? Nach meiner Meinung müßten wir bald so weit entwickelt sein, um eine dieser beiden Fragen ausmerzen zu können.«

Eine zitternde Stimme spricht nach einer Weile ganz allein: »Sind wir Geschöpfe, so gibt es auch Schöpfer, und sind wir selber Schöpfer, so müßten wir eigentlich mehr schaffen als bisher. Wir können auch schaffende Geschöpfe sein. Und wir können auch was andres schaffen - es brauchen nicht immer lebendige oder tote Geschöpfe zu sein. Wenn ich aber schaffen will - ganz gleich was -, so frage ich immer: was ist für die großen Schöpferstunden günstiger: der Wechsel der Lebensumstände oder die Gleichförmigkeit der Lebensumstände?«

In klingenden Chören tönt es zurück:

»Streben wir nach Ruhe oder nach Bewegung?«

»Wär's nicht besser, wenn ein Moment still stehen bliebe wie ein alter Träumer?«

Knirschend sinken die Kristallsäulen wieder in den Moosboden - und sind bald den Blicken der Opalaugen entzogen.

Und riesige Schachtelhalmwälder wachsen in der großen Moosschale rasch empor - und die Wälder biegen sich und rauschen.

Und es tönt aus den Wäldern ein schwerer Gesang.

Und dann rufen die Wälder seufzend: »O Nebulosa! O Nebulosa! Wo weilst Du? Weißt Du denn nicht mehr, daß wir so schrecklich unselbständig sind und die Gesellschaft so nötig haben?« Und blaue Wolken wirbeln aus den Wäldern heraus, die blauen Wolken steigen höher und vermischen sich da mit lilafarbigen und orangefarbigen.

Und diese bunten Wolken umschweben die Wipfel der sich biegenden, rauschenden Schachtelhalmwälder.

Und die Wolken sprechen, ohne daß die Geister Mund oder Nase sehen: »Wir haben nun über alles nachgedacht und freuen uns über unser Nichtwissen viel mehr als über unser Wissen.« Die Wolken steigen höher.

»O Nebulosa!« rufen die Wälder.

»Die Nebulosa«, tönt's nun von oben herunter, »ist ein einziges Wesen und besteht doch aus sehr, sehr vielen Wolken; die Nebulosa glaubt, daß es ihr gar nicht mehr behagen könnte, andre Wesen für klüger zu halten als sich selbst; die große Nebulosa, die eigentlich gar nichts weiß, will auch nichts mehr wissen – piept opp die olle Weisheitstinte.«

»Recht schade!« sagen die Schachtelhalmwälder, »wir hätten so gerne gewußt, was uns angenehmer sei – das Licht oder die Finsternis.«

Da blitzt es heftig in den bunten Wolken.

Aber die Wälder schweigen nicht; während die Schatten der Wolken über den Wipfeln hin und her huschen, fragen sie: »Zieht das Aufgeben des Ichgefühls Mangel an Bewußtseinsempfinden nach sich?«

Noch heftiger blitzt es in den Wolken.

»Sind wir lebenskräftiger«, fragen die Schachtelhalmwälder weiter, »wenn wir uns als ein Ich fühlen – oder wenn wir jedes Ichgefühl aus Hochachtung vor dem Ganzen, zu dem wir gehören könnten, unterdrücken?«

Da schlagen die Blitze in die Schachtelhalmwälder, daß die aufflammen und sich im nächsten Augenblick in Staub verwandeln.

Die blauen Wolken mit den lilafarbigen und orangefarbigen Flecken steigen hell blitzend immer höher und rufen aus der Höhe herunter: »Die Nebulosa verlacht das Ichgefühl – und vernichtet das Ichgefühl.«

Und oben verfliegen die bunten Wolken, so daß keine Spur von der Nebulosa übrigbleibt.

Wieder leuchten die kleinen weißen Wolken.

Den Geistern der Tüte treten Tränen in die bunten gleißenden Opalaugen, so daß sie funkeln wie Tautropfen im Sonnenglanz.

Und mit mächtigem Gepolter wachsen riesige rote Berge durch den Schachtelhalmwälderstaub.

Und die roten Berge sind von glitzernden Flüssen durchzogen, die sich wie seidene Bänder um die Gipfel der Berge schmiegen. Zinnoberrot sind die Berge – und die Flüsse so wie Silber – wie Quecksilber – auch so beweglich.

Und aus den roten Bergen werden große lachende Riesenköpfe, die sehr gutmütig schmunzeln.

Und die silbernen Flüsse umschlingen den breiten Hals der Bergriesen und gehen oben ins Haar der Bergriesen und bewegen sich wie flüssige Schlangen und flüstern schmeichelnde Worte ins Ohr der Bergriesen.

Und dann fangen die Flüsse zu fragen an wie gute Kinder – sie wollen so gerne was wissen – sie wollen was von den Göttern wissen.

»Ist die Zahl der Götter, die, wie wir wohl wissen, auch Sterne genannt werden, wirklich gar nicht auszusprechen ?«

Also fragen die schmeichelnden Schlangen, und die roten Riesen antworten: »Die Zahl der Götter ist nicht einmal auszudenken – es gibt gar nicht so viel Platz, um die Zahl aufzuschreiben- die Unendlichkeit ist für die Zahl viel zu klein – die Götter überragen alles.«

Da wundern sich die Flüsse sehr, und ihre Wasser umplätschern die Stirn der Riesen.

Aber die Flüsse sind neugierig; sie wollen noch mehr von den Göttern wissen.

»Können die Götter«, fragen die Neugierigen »wirklich machen, was sie wollen?«

»Ih, kein Bein!« erwidern schmunzelnd die Roten, »die Götter hängen wieder von andern Wesen ab, die viel größer sind als alle Sterne zusammen. Und diese Obergötter hängen wieder von Ober-Obergöttern ab usw. Alle haben immer noch einen Höheren über sich – es reißt gar nicht ab. Und dann sind alle – sowohl die einfachen Götter wie die oberen – durch unzählige dicke Taue aneinander gebunden – und hängen alle untereinander voneinander ab. Das alles solltet Ihr Euch mit Euern Eingeweiden in Euer Herz schreiben.«

Da zittern die Flüsse, denn sie können sich das alles gar nicht ordentlich ausmalen – so großartig erscheint es ihnen.

Sie wollen nun nur noch wissen, ob sich die Götter ebenfalls immer weiter entwickeln wie die Flüsse und Berge und all das Gewürm, das auf und in ihnen lebt.

Und zu dieser Frage nicken alle Bergriesen so kräftig mit den Köpfen, daß sich ihre Halsketten kaum festhalten können.

Und kopfnickend rutschen die roten Berge nach allen Seiten aufwärts bis in die weite Ferne zum Schalenrande, wo sie immer kleiner werden und schließlich so klein sind, daß die Opalaugen nichts mehr von den roten Bergen mit ihren neugierigen Flußketten bemerken.

Und die Opalaugen können so weit sehen – nach allen Seiten zu gleicher Zeit.

Schnee fällt aus den weißen Wolken - sehr viel Schnee, so daß die ganze Mooslandschale bis zum fernen Rande zum großen Schneetrichter wird.

Wie aller Schnee unten ist und die Opalaugen wieder weit herumblicken können nach allen Seiten, sehen sie einen dunkelgrünen Himmel und oben rings um den ganzen Schneetrichterrand große dunkelblaue Schmetterlinge mit goldenen Schnörkeln. Und alle diese Schmetterlinge sind aneinander gefesselt mit schweren eisernen Ketten, so daß sich die herrlichen Sammetfalter nicht bewegen können.

Die Schmetterlinge schreien: »Jetzt wollen wir uns eine Willensrichtung geben, denn das haben wir stets gewollt! Jetzt kann's losgehen!«

Es geht aber gar nichts los - die Schmetterlinge bilden ruhig weiter ihren Ring am Trichterrande.

Der Schnee schmilzt.

Und unter dumpfem Gepuff springen ringsum zackige alte Berge mit alten Burgen aus der immer noch sanft ansteigenden Mooslandschale, die jetzt wieder so dunkelgrün ist wie einst.

Und aus den Burgen springen Riesenfrösche heraus und tanzen.

Und die Berge mit den Burgen tanzen mit.

Ganze Wälder entstehen im Hintergrunde, ballen sich zusammen und tanzen mit.

Kornfelder und Fahrstraßen entstehen vorn und tanzen mit. Und die Riesenfrösche brüllen in mehrstimmigen Chören: »Wollen wir denn frei sein?«

»Wollen wir denn frei sein?«

Und das tanzende Schalenreich wird furchtbar hell – und die Opalaugen der Geister sehen unzählige dicke Strippen, an denen die ganze tanzende Gesellschaft hängt.

Oben im dunkelgrünen Himmel werden auch dicke Fäuste sichtbar, die die Strippen halten und regieren.

Plötzlich sausen unzählige breite Schwerter vom Himmel herunter und funkeln vor den Opalaugen so heftig hin und her, daß die Geister glauben, vor ihnen entwickle sich der große Kampf der Unsichtbaren, die alles an ihren Strippen lenken.

Und bei dem Schwertgefunkel ist das lustige Hampelmannreich mit den Riesenfröschen bald nicht mehr zu entdecken.

Die Geister der Tüte bedauern lebhaft, daß sie infolge Mundmangels nichts zu sagen vermögen; die Schauspiele, denen sie beiwohnen dürfen, haben etwas Beklemmendes für die Tüte.

Die blinkenden Schwerter hauen sich allmählich gegenseitig kaputt und fallen fort.

Und das Hampelmannreich kommt wieder zum Vorschein. Während der Schwerterfehde sind aber noch große blaue Meere zu den Bergen, Burgen, Fröschen, Fahrstraßen, Kornfeldern und Walddistrikten hinzugekommen.

Die Strippen sind nicht mehr zu sehen, doch die Hampelei nimmt ihren Fortgang – und zwar mit erheblichster Vehemenz.

Die Geister sehen nach allen Seiten und werden nicht klug aus diesem Getanze; alles drängt sich den blauen Meeren zu, die mächtig rauschen.

Die Geister horchen mit ihren Perlohren und verstehen nach und nach, was geredet wird.

Die Frösche sagen: »Wir sind die großen Fragezeichen, und jetzt soll der große Kampf um die erlösenden Sätze beginnen. Die erlösenden Sätze haben die großen Antworten in sich. Und die Meere haben alle beide in sich sowohl die Sätze wie die Antworten. Und diese beiden Dinge müssen wir den blauen schlauen Meeren entreißen. Das wird ein famoser Krieg!«

Und die Frösche springen in die blauen Meere hinein, daß es ein großes Geplumpse gibt.

Und dabei fragen diese Frösche lachend: »Was macht mehr Spaß als die Unwissenheit?«

»Fragen wir, um was zu wissen - oder fragen wir, um bloß zu wissen, daß das Wissen nur ein Wissen vom Nichtwissen ist?«

»Gibt uns das Wissen vom Nichtwissen nicht die größte Portion Selbstbewußtsein?«

Die Frösche tauchen unter; auf den dunkelblauen Meeren bildet sich viel weißer Schaum.

Und die Berge mit den Burgen drängen sich nun auch an die Meere und wollen ihnen ebenfalls erlösende Sätze abringen.

Die Meere werfen ihre donnernden Wogen den Bergen entgegen, daß der Schaum die Burgen bespritzt.

Und die Berge fragen ächzend: »Ist Denken mehr als Fragen?«

»Ist Denken und Fragen dasselbe?«

»Besteht unsre ganze Weisheit bloß aus großen Fragen?«

»Werden wir ewig bloß Fragezeichen sein?«

»Besteht vielleicht unser Glück bloß im Fragenkönnen?«

Und die Burgen fragen: »Gibt es eine Frage, die uns nüchtern machen kann?«

Die Meere ziehen, als wären sie verletzt, ihre blauen Fluten weit von den Bergen fort und bäumen sich hoch auf.

Und die Meere werden zu hohen Gebirgen.

Und jetzt gehen ihnen die Fahrstraßen nach und fragen heftig: »Wird uns das Außerunsseiende leichter bewußt als das sogenannte Ich?«

»Sind Welt und Ich bloß Traumspäße?«

»Ist überhaupt ein Wesen denkbar, das der Welt ins Herz sehen kann?«

Und wogende Kornfelder fragen: »Hat die Welt ein Herz?«

»Ist die Welt ein einziges Wesen – so wie ein Kornfeld?«

»Hat die Welt eine Haut?«

»Ist die Welt klüger als alles das, was in ihr lebt?«

»Kann ein Ding, das in der Welt lebt, mal ebenso klug oder ebenso dumm wie die ganze Welt werden?«

Die Wälder aber ballen sich wieder zusammen wie Igel und fragen knarrend: »Wenn wir fragen, ob wir selbst es sind, die da fragen – ist das denn wirklich die größte Frage?«

»Wenn wir fragen, ob wir selbst es sind, die da denken – ist das denn wirklich der größte Gedanke?«

Da spritzen die Meere ihre Fluten empor, daß es aussieht, als gingen Millionen Fontänen in die Höhe.

Und die Geister der Tüte vernehmen, wie die Meere ganz deutlich schimpfen und sagen: »Seid doch froh, daß Ihr so viel Vergnügen am Fragen findet. Ihr seid so naiv wie die patriotischen Krieger. Würden wir Euch Eure Fragen alle beantworten, so würdet Ihr nur auf neue Fragen sinnen müssen. Dieser Mühe sollt Ihr durch unser Schweigen überhoben sein.«

Da recken sich die Berge mit den Burgen, die Fahrstraßen und Kornfelder ganz hoch in die Höhe und wollen mit den Meeren kämpfen.

Aber den Meeren wachsen weiße Flügel in den Seiten.

Und die Riesenfrösche fliegen, während die weißen Flügel mächtig wachsen, in großen Bogen aus den blauen Fluten raus und fliegen mit solcher Wucht gegen die Berge und auf die Fahrstraßen, daß die lustigen Tiere platzen und elendiglich verrecken.

Und dann hauen die blauen Meere so heftig mit ihren weißen Flügeln um sich, daß die Berge zu Billionen Steinen zerschlagen werden, die die Frösche und Wälder, Fahrstraßen und Kornfelder ganz und gar überschütten, so daß die Mooslandschale von oben bis unten mit Steinen übersät ist, als hätte es Steine geschneit.

Und die blauen Meere erheben sich und fliegen mit ihren weißen Flügeln wie Riesenvögel hoch empor zum Himmel.

Und die geflügelten Meere, in deren Wasserleibe die Fische herumschwimmen und die Korallen wachsen und die Seesterne mit den Austern kämpfen - diese geflügelten Meere werfen große Schatten hinunter, die viel, viel größer sind als Billionen Meere zusammen.

Die Opalaugen der Geistertüte können bald gar nichts mehr erkennen - so dunkel sind die großen Meeresschatten.

Aber am fernen Rande der großen Schale, in deren Mitte die Tüte steckt, sehen die Opalaugen unheimliche Gespenster - die kriechen wie Spinnen über den Rand und kommen sachte heruntergekrochen.

Wie sie sich aber aufrichten, erschrecken die Geister der Tüte über die ungeheure Größe dieser Spinnen; sieben schrecklich lange Beine tragen einen Panzerrumpf; krinolinenartig stehen die Beine auf dem schrägen mit Steinen übersäten Boden der Schale.

Und der Panzerrumpf geht hoch in den Himmel hinauf, der jetzt so grau ist wie Blei und nicht sehr hell - und so seltsam gerippt erscheint, als gingen Röhren durch.

Die Gespenster haben oben einen ganz kleinen Kopf, in dem kaum die Augen zu unterscheiden sind.

Sieben riesig lange Arme haben die Riesenspinnen, und in sieben knolligen Fäusten halten sie den Griff eines rostigen Bratenmessers, das gefährlich aussieht.

Und diese unheimlichen Gesellen klettern einander auf die Schultern, und die obersten berühren mit ihren rostigen Bratenmessern den bleigrauen Himmel - und schneiden nun vorsichtig große siebeneckige Stücke aus dem Himmel raus.

Und durch die siebeneckigen Löcher können die Opalaugen in ein großes, buntes Sternenall sehen, in dem es sehr hell ist.

Und die Opalaugen sehen, daß da die bunten Sterne mit bunten langen Stricken aneinander gebunden sind, so daß dieser Sternhimmel wie ein alter Winkel aussieht, in dem unzählige Spinngewebefäden Wustnetze bilden.

Und die siebenbeinigen Gespenster steigen mit ihren Bleihimmelstücken herunter und wollen mit dem himmlischen Gut davongehen nach hinten zum fernen Rande, wo sie herkamen.

Aber die Bleihimmelstücke drehen sich den langen Kerlen aus den Händen raus und schweben wie fliegende Swift-Inseln empor und schweben in der Luft herum.

Die Siebenbeinigen stehen ganz ratlos da.

Plötzlich aber fallen die Bleihimmelstücke den Siebenbeinigen auf den Kopf und drücken den Rumpf mit solcher Gewalt durch, daß unten die langen Beine wie Glas zersplittern.

Die Bleihimmelstücke schlagen aber gleich mit den Panzerrümpfen so tiefe Löcher in die Mooslandschale, daß die auch auseinander berstet und in großen Stücken in eine unbekannte Tiefe fällt.

Die Opalaugentüte bricht dabei um und fällt den Bleihimmelstücken und den Mooslandschalenstücken nach.

Und die Geister lösen sich voneinander los und fallen in ein dunkles Luftreich, in dem sie sich wieder verwandeln und seltsame Blumengerüche empfinden.

In dem dunklen Luftreich duften unsichtbare Blumen so stark, daß die Geister an ferne Vergangenheit denken mussen – und sich plötzlich an ein langes, langes Leben erinnern.

JAMMER!

Geister, die lange nichts von ihren Füßen wußten, fühlen wieder, daß sie Füße haben, und können wieder gehen.

Das ist aber keine Erlösung.

Das Gehen ist eine Qual.

Von vielen seltsamen Geruchsempfindungen werden unzählige Erinnerungen aufgeweckt; und die sind so lebhaft, da der Pfad, auf dem die Geister gehen, ganz dunkel ist wie ein vergessener Keller.

Und die Erinnerungen nagen an den Geistern und schwächen ihre Lebenskraft; lange vergangene Zeiten erscheinen den Wandernden nur als große Qualketten; betäubende Blumendüfte machen die Erinnerungsschwere noch fühlbarer.

Da zünden sich vorn und rechts und links kleine räuchernde Lampen an und beleuchten spärlich eine breite Steintreppe.

Trübselig ist die Beleuchtung – da brennen so die richtigen Tranfunzeln.

Den Geistern wird nicht besser, aber sie steigen die schlecht behauenen Steinstufen hinan – immer höher und höher, obschon keiner weiß, wohin die Treppe führt; oben ist wenig zu erkennen, da die Tranfunzeln ihr bißchen Licht bloß an die Seiten werfen.

Und während die Geister mühselig auf der breiten Steintreppe aufwärts steigen, werden sie von drückenden Empfindungen ganz und gar umgarnt, und ihre Gedanken gehen immer mehr nach jener Richtung hin, die dem Leben keinen Glanz läßt.

Und es kommt den Geistern ihr ganzes Leben so recht überflüssig vor. Und dann dauert's nicht lange, und alle erklären einstimmig: »Es ist ja doch alles Unsinn.«

Jedes Streben und jedes Zielsetzen wird als Albernheit bezeichnet. Die Resultatlosigkeit grinst die Geister plötzlich in allen Dingen an.

Und die penetrante Empfindung, daß alles resultatlos und als alberne Spinnerei verläuft, erstickt jeden frischen Ton, so daß die Geister - es sind immer noch zehntausend Mann - stumpfsinnig werden wie betrogene Gauner.

Nur Knipo hält sich noch mit zwei anderen Geistern etwas aufrecht.

Alles Glänzende, das die Vergangenheit bot, ist verblaßt, und nur das Trübe und Leere wirkt in den zehntausend fort.

Einige Geister fallen und bleiben auf den Steinstufen liegen; niemand kümmert sich darum.

Knipo sagt stöhnend: »Mir ist ja beinah so wie einem Arbeiter zumute, aber - hatte man nach der Arbeit nicht mal so'n frohes Gefühl?«

»Jawohl«, erwidert der gelbe Geist neben ihm, »die sogenannte Arbeit war immer eine etwas billige Nervenaufregung.«

Und alle fühlen, daß ihre Nerven nicht mehr in Erregung zu bringen sind; alle haben das Gefühl, daß ihre Empfindungsfähigkeit gebrochen und morsch ist- mit dem Lebenkönnen geht's bergab.

Und sie steigen weiter die Steinstufen hinauf und kommen oben auf einen breiten Absatz, der mit schwarzen Fliesen getäfelt ist.

Knipo rafft sich auf und sagt deutlich: »Ich gestehe, daß ich Eure Schmerzen eigentlich nicht verstehen kann, und empfinde großen Schmerz über meine Schmerzlosigkeit. Ich komme mir so unbedeutend vor.«

Und er lacht. Es lacht aber keiner mit.

Und auf vielen klapprigen Holztreppen steigen die Geister weiter empor. Da ist die Beleuchtung noch trübseliger. Katzenaugen glühen auf den Geländern der Holztreppen. Neben den Treppen rauschen alte Bäume mit trocknen Blättern; auf den Ästen der Bäume winden sich dicke gefleckte Schlangen, die den Geistern beleidigende Worte zuzischen.

Und die mürben Holzstufen knarren.

Auf sehr vielen Treppen geht's empor, so daß sich nur die Geister gegenseitig erkennen, die sich auf derselben Treppe befinden.

Nur noch zuweilen leuchtet eine alte Lampe, die kein ganzes Glas hat.

Das Treppensteigen wird so mühselig wie ein Künstlerleben.

Und jede Schlange spricht so beleidigend wie ein Kind.

Viele Geister setzen sich auf die Stufen hin und lassen alles über sich ergehen – und rühren kein Glied.

Und die Geister empfinden, daß sie gekränkt werden sollen.

Und sie fühlen plötzlich, daß unsichtbare Hände ihnen Ohrfeigen geben.

Und ein langer Wutschrei geht über alle Holztreppen.

Aber auch die Wut bricht gleich wieder zusammen; es bleibt nur noch ein stumpfes Gefühl zurück, das so träge macht – so schlampig; es brennen den Geistern die Fußsohlen und die blassen Wangen.

Ein alter Geist sagt traurig: »Unser Jammer ist wohl bloß eine Folge der Eitelkeit. Wären wir nicht so eitel, so wärcn wir nicht zu verwunden. Nur der Eitle lernt den wahren Jammer des Lebens kennen. Wer seine Natur stets mit Zärtlichkeit zu würdigen pflegt, wird immer verletzt und jammervoll sein. Wir durchleben bloß die Tragikomödie der Eitelkeit. Alle Tragik ist pure Eitelkeitssache.

«Da wird Knipo neben dem Alten furchtbar wütend und brüllt: »Das wollen wir uns doch nicht gefallen lassen!«

Und von den Geistern bleiben Hunderte auf den Holzstufen liegen; nur die Stärksten erreichen oben das Ziel – abermals einen breiten Absatz, der mit schwarzen Fliesen getäfelt ist.

Der gelbe Geist sagt zum Knipo: »So wehre dich doch! Sag mir nur, wie Du's machen möchtest.«

Knipo möchte Witze machen, doch sie sterben ihm zwischen den Zähnen.

»Jawohl«, sagt er schließlich, »ich glaub's schon, daß alles Verletztsein nur ein Verletztsein der Eitelkeit ist. Aber wahrlich - ich sage Euch: der Kern Eurer Eitelkeit ist nur Eure verdammte Selbständigkeitssucht.«

»Unsre!« setzt der gelbe Geist verbessernd hinzu.

Und unartikulierte Laute des Ekels werden überall gehört, die Geister empfinden nicht bloß Ekel vor dem Leben - sondern auch Ekel voreinander.

Und der Ekel ist so gräßlich intensiv.

Sie denken zuweilen an die Einsamkeit, aber sie sind zu schlapp, um sich an dem Gedanken aufzurichten - er kann ihnen nicht mehr zum lachenden Endziele werden.

Die Katzenaugen auf den Geländern leuchten unheimlich - aber sie reizen nicht mehr auf - und auch das beleidigende Gezische der Schlangen verhallt wirkungslos.

Nur unartikulierte Ekellaute kommen über die Lippen der Geister.

Knipo sagt zum Gelben, nachdem er lange geschwiegen hat: »Humor entsteht, wenn man sich mit einer Situation notgedrungen abfinden muß, ohne den Knoten zerhauen zu wollen oder zu können.«

Er kann sich aber mit der trübseligen Treppen-Situation nicht abfinden, und so entsteht auch kein Humor.

Der Gelbe spricht kein Wort.

Es ist ein Jammer!

Und nun geht's noch auf eisernen Wendeltreppen höher immer in der Runde herum- in Pfropfenzieherkurven.

Da haben die Geister wiederum alle den einen Gedanken:

»Es ist alles zwecklos und sinnlos!«

Jetzt kann aber keiner mehr liegen bleiben, da sämtliche Wendeltreppen so schmal sind, daß die armen Geister einzeln hintereinander gehen müssen.

Und auf den eisernen Geländern klettern langsam dicke Krokodile herunter; die Geländer sind breit.

Und der gelbe Geist sagt zum Knipo: »Wir sind geworfene Meteore - nicht fliegende -, in Schneckenlinien sollen wir aufwärts steigen.«

Aber die Krokodile bewegen sich so unheimlich, daß jetzt unartikulierte Entsetzenslaute auf allen Wendeltreppen hörbar werden.

Jedes Krokodil tut so aufgeregt wie ein irrsinniger Patriot - und schimpft auch so.

Es ist entsetzlich!

Jedes Krokodil redet nur von den peinlichen Momenten, an die kein Wurmgeist und kein Sterngeist erinnert sein mag. Und die Geister auf den Wendeltreppen werden innerlich überall da berührt, wo sie unter keinen Umständen berührt werden möchten.

Jedes Krokodil benimmt sich in seinen Reden so taktlos wie der Diplomat eines jungen Raubstaates. -

Und es entstand ein Licht neben den Wendeltreppen.

Und das Licht ging nach allen Seiten weit weg und wurde immer schwächer.

Und es kamen Schatten aus dem Lichte heraus - und das waren Geisterschatten -, Schatten von jenen Billionen Geistern, mit denen die auf den Wendeltreppen einst zusammen waren - zwischen rasselnden Schienen.

Und die Billionen Geister wurden erkennbar - und sie waren alle fröhlich; obgleich ihre Gesichter ganz im Schatten waren, bewegten sie sich doch so lebhaft, daß ihre Lebenskraft aller Welt offenbar wurde.

Die Billionen schienen einander gar nicht ähnlich zu sein; die seligen Scharen, die da in der Ferne plötzlich vorüberschwebten, bildeten nicht eine gleichartige Masse wie die zehntausend - jeder sah dort drüben anders aus als seine Nachbarn.

Und das wunderte die Trübseligen auf den Wendeltreppen.

Doch das ferne Licht zerging, und die befreundeten Billionen wurden rasch wieder unsichtbar. –

Und die Trübseligen kommen oben aus den Wendeltreppen langsam einzeln heraus – und stehen nun auf einer großen eisernen Plattform da, und von dieser eisernen können sie hinabsehen auf die tief unter ihnen liegenden Holztreppen und Steintreppen, die sich zusammen von den dunklen Felsen und Wäldern so abheben wie ein großes streifiges Leichentuch.

Bleierne Schwere fühlen die Geister in ihren Gliedern.

»Das ist die vermaledeite Sternschwere!« sagen sie traurig.

Viele wünschen sich den Tod.

Aber an Selbstmord denkt keiner.

Und der Gelbe wundert sich darüber.

Da bemerkt der Alte wehmütig: »Von unsrer Gesellschaft einen Mordsgedanken zu erwarten, find ich naiv. Diese Gesellschaft hat ja nicht mal mehr die Kraft, die ein zahmer Gedanke verlangt.«

Knipo jedoch flüstert mit einem Anfluge von Humor:

»Wenn das Leben keinen Zweck hat, so hat doch das Sterben erst recht keinen Zweck.«

»Ach ja«, ruft da der Gelbe sehr laut, »das Lebenlassen ist der Gipfel der Grausamkeit.«

Der Alte sagt still: » Die Todesstimmungen sind genauso vorübergehender Natur wie die Luststimmungen.«

Und auf Strickleitern soll's von neuem weiter in die Höhe gehen; eine unsichtbare Gewalt treibt dazu.

Dennoch mag keiner den Strickleitern nahe sein.

Und die Geister sehen da nach einer Weile molchartige Wesen auf- und abklettern.

Die Molchartigen haben einen bunt gefleckten Rücken und drei Büschel weißer Haare auf dem Kopfe, die wie drei große soeben gewaschene Pinsel in die Luft ragen.

Und über den Pinseln werden hellgrüne Wolkengebilde sichtbar, die an den Strickleitern auch auf- und absteigen, so daß man nicht weiß, ob die Wolken die Molche oder die Molche die Wolken zum Auf- und Absteigen zwingen.

Ein dickes, giftiges Krokodil sagt brummig: »Das sind die Hoffnungen, die immer einen Narren finden, der ihnen folgt.«

Ein altes Krokodil ruft zornig: »Quatsch doch nicht! Das sind die alten Narren, die ihre Hoffnung niemals fahrenlassen.«

Danach sprechen die Geister durcheinander: »Wären wir doch auch solche Narren!«

»Wenn wir nur einmal glauben könnten, daß wir in ferner Zukunft selbständige Weltenschöpfer werden könnten dann hätten wir doch eine Hoffnung.«

»Wir wären auch zufrieden, wenn wir bloß glauben würden, daß wir einstmals frei sein dürften.«

»Derartigen Glauben«, bemerkt Knipo, »haben wohl bloß noch die Säuglinge.«

»Ja«, ruft der Gelbe schmerzlich, »der Glaube würde uns eine Hoffnung gebären.«

»Gelber«, spricht zornig der Knipo, »willst Du uns etwa durch Geburtsphantasien wieder Lebensmut beibringen?«

Und der Alte schreit: »Die Sternschwere! Die Sternschwere! Wir sind immer noch festgebunden an unsern Stern.«

Es wird plötzlich furchtbar hell. Und die Geister sehen wieder die unzähligen Spinngewebefäden – aber sie gehen diesmal von einem Geist zum andern und dann die Wendeltreppe hinunter zu den Holz- und Steintreppen, auf denen noch die vielen Geister liegen, die da unten nicht weiter konnten.

Die Fäden glänzen nicht sehr, als wenn sie staubig wären. Und das Atmen wird so schwer.

Die Molche mit den grünen Wolken sind fort.

Die Strickleitern schwanken.

Alle Geister sind still und wollen sich nicht bewegen - wollen nicht weiter.

Das helle Licht erlischt.

Und es wird stockfinstre Nacht.

Und keiner denkt mehr daran, noch höher zu steigen.

Die Strickleitern schwanken und berühren sich, daß ein leises Geräusch entsteht - wie von nassen Peitschen, die trocknen sollen im Nachtwinde.

TEMPEL!

Geister, die lange starr waren und nicht weiter konnten, bemerken wieder, wie sich was in ihnen bewegt; es durchrieselt sie eine feine Substanz, die so freudig macht.

Und gewaltige eiserne Flügeltüren knarren in ihren Angeln – und öffnen sich.

Und zehntausend Geister blicken in ein neues Reich, in dem ein stilles Licht so weich anschwillt wie warme Luft.

Und durch die vielen Flügeltüren werden die Geister hineingetragen in das neue Reich.

Die Geister bemerken, daß sie in kostbaren seidenen Sänften liegen; viel Elfenbeinschnitzerei ziert die Ränder der Sänften.

Und unsichtbare Hände tragen die Sänften durch die Luft, daß die Getragenen sich freuen.

In einem allmächtigen Saale sind die Geister; eine hohe Topaskuppel läßt gelbes Licht von oben herunter. Die dunkelgrünen Wände sind durchsichtig, und es sieht überall so aus, als bewege sich was hinter den Wänden – in dunklen gedämpften Farben.

Auch oben hinter der Topaskuppel scheint sich was zu bewegen – wie Wolken.

Und durch schimmernde Kristallpforten schweben die Sänften mit den Geistern in einen Saal, der beinahe ganz so wirkt, als wenn er aus Rubinglas bestünde – nur im oberen Teile sind verschiedene Luken mit türkisblauen Gläsern gefüllt-, und an den Wänden schimmert viel fein geschliffenes wasserhelles Kristall.

Und die Geister bemerken, daß die ganze Architektur durchsichtig ist – wie Glas; sie sind in den transparenten Tempelhallen, von denen sie oft gehört zu haben glauben; wie eine lange bekannte Sache kommt ihnen die transparente Architektur vor - und doch ist nur ein kleiner Teil von Glas - die größeren Wandteile bestehen aus anderen Stoffen.

Seltsame Musik dringt aus den Tiefen der rubinglasroten Tempelhalle herauf - es klingt, als käm's von unzähligen neuen Instrumenten.

Während die Geister verwundert horchen, sehen sie viele Kristallschalen an den Wänden, und in die Kristallschalen fallen Tropfen aus verschiedenen Höhen hinein. Und durch diese Tropfen bildet sich die neue Musik; es sind allerdings noch andere Töne dabei, die den Schalen nicht gut entspringen können - doch hierüber werden die Geister im nächsten Saale aufgeklärt.

Da setzen sich die Wände aus unzähligen Säulen verschiedenster Konstruktion zusammen - und die bilden kolossale Nischen. Hinten in den Nischen geht's fensterartig hinaus in ein weiteres Säulenreich; da draußen im Freien stehen durchsichtige Säulen, die farbige Lichtsäulen sind, mit großen Wassermassen in einem architektonischen Zusammenhange - bunte rauschende Wasserfälle und bunte durchsichtige Springbrunnen sind untereinander in ähnlichen Rhythmen gehalten wie die farbigen Lichtsäulen.

Diese Wassermassen in der Ferne machen auch eine Musik - und die steht mit der Tropfenmusik der Tempelhallen in einem musikalischen Zusammenhange.

Und zu der Wassermusik gesellt sich noch eine Windmusik, die in den durchbrochenen Wänden bald leiser und bald stärker auftönt und sich immer milde den Melodien und Harmonien der Wassertonwelt anschmiegt.

Die zehntausend schweben in der nächsten Galerie, die sehr lang ist, auch an großen transparenten Standbildern vorüber, deren Inneres wunderbar leuchtet- wie flüssiges Edelgestein. Diese abenteuerlichen Gestalten spotten jeder Beschreibung; die Geister glauben, daß diese Standbilder lebendige Götter sind, obgleich Knipo dieser Behauptung lächelnd widerspricht.

Nun geht's noch durch sehr, sehr viele Säle durch, und die Geister starren durch all die transparenten Wände durch - und sehen in eine Kaleidoskop-Architektur, in der die Farben so auf- und niederwogen wie die Regenbogenfarben in Seifenblasen.

Jede Säule ist, ob sie bunt, farbig oder wasserartig ist, durchsichtig wie Glas - und die Galerien sind ebenso und die Kuppeln auch - und die Wände auch.

Und alles ist so reich durch das, was hinter allem ist. Und wo durch eine Öffnung durchzusehen ist, da sehen die Geister immer wieder und wieder weitere transparente Architekturgebilde - und zwischen denselben Wasserwerke, die zumeist ebenfalls transparent wirken - und nur im Schaume was Kompaktes besitzen. Fernere Wasserstrahlen werden auch durch die Kuppelluken sichtbar, die hier und da offenstehen.

Oft sehen die Wandsteine so wie Sammet aus - und sind trotzdem durchsichtig.

Durch die stete Weiterbewegung der Sänften verändert sich die Wirkung dieser transparenten Tempelhallen in jedem Moment.

Diese Farben- und Bewegungsreize sind so groß an Zahl, daß einzelne Eindrücke von der Wirkung der ganzen rauschenden Bilderfülle keine Ahnung erzeugen.

Und die Wassermusik mit der Windmusik ist ebenso reich und überwältigend schon in wenigen Augenblikken, daß ans Ganze kaum zu denken ist.

Alles ist in seifenblasenartiger Bewegung, so daß die Geister annehmen, Lebendiges sei draußen hinter den Wänden - und die Bewohner dieser transparenten Räume seien ebenfalls draußen.

Und die zehntausend möchten so gern wissen, ob's Wurmgeister oder Sterngeister sind, die da draußen noch mehr Bewegung und Farbenspiel in die vielen Wände, Galerien und Säulen hineinzaubern.

Und die Götterbilder wirken so geheimnisvoll - mit ihren abenteuerlichen Gliedern, ihren durchsichtigen Prunkgewändern und ihren durchsichtigen Köpfen.

In der Tiefe sehen die Geister viele Kronen nebeneinander liegen und glauben daher, daß die Zahl der Standbilder in der Tiefe noch größer sei.

Der Weg durch die vielen Tempelhallen, in denen die Musik oft nur leise flüstert, als wenn sie verbergen und nicht verkünden möchte, geht bald rechts und bald links - oft in großen Bogen und auch im Zickzack - labyrinthisch.

Und dann sind die Sänften mitten in einem Raume, der viel größer ist als alle anderen zusammengenommen.

Die Musik tönt hier so leise wie stille Gebete, doch die Stimmen der Geister tönen sehr laut, so daß die meisten erschrecken, wie sie den lauten Ton ihrer Stimme vernehmen. Und so schweigen bald alle.

Der Knipo findet sich jedoch am schnellsten mit dem Schallwunder ab, und es überkommt ihn eine so große Redewut, daß er nicht mehr schweigen kann - und er redet - wie ein Erleuchteter - seine Stimme donnert durch den weiten Raum: »Wir wissen nicht, daß es eine Welt gibt, und trotzdem können unzählige Welten lebendig sein. Es können unzählige Welten schon tot sein - sie können auch noch geboren werden. Sie können auch nie geboren sein und dennoch lebendig sein. Was wissen wir, was Leben heißt! Können wir behaupten, daß wir leben? Es lebt der Baum ein andres Leben als der Stein. Mit dem Wort ›Leben‹ können wir jedesmal was andres meinen. Wir wissen aber nicht, was unser Leben heißt, und wissen nicht, was unser Sterben heißt. Wenn wir nun nicht wissen, ob wir leben oder sterben - tot oder lebendig sind - so muß es uns doch ziemlich gleichgültig sein, ob wir die Geister, die hier wohnen und doch nicht hier sind, für Wurmgeister oder für Sterngeister zu halten haben. Wenn wir so wenig mit unsern Worten anzufangen wissen, so dürfen wir doch nicht annehmen, daß das uns räumlich größer Erscheinende bedeutender ist als das uns räumlich kleiner Erscheinende. Vielleicht sind grade die Wurmgeister die wirklichen Götter. Was aber sind denn die Wurmgeister mehr, wenn sie sich Götter nennen dürfen? Stern und Wurm und Gott, Wurm und Gott und Stern - das sind doch schließlich bloß Worte! Laßt die Worte doch laufen - laßt sie ans Ende der Welt laufen - dann haben die Worte doch was zu tun und stiften kein Unheil.«

Laut dröhnten Knipos Worte durch den weiten transparenten Raum, der wie eine allmächtige Hohlkugel wirkte. Und die ganze Kugel war im Innern doch köstlich gegliedert.

Die Sänften schwebten auf und nieder, und die Geister reckten sich in den weichen seidenen Kissen. Ein Oben und Unten gab's für die Geister in diesem Hohlkugelraum nicht, so daß sie das herrliche Tempelgebiet nach allen Seiten durchschauen konnten.

Auch hier wirkte die reich mit Säulen, Nischen, Galerien und Luken durchbrochene Wandung durch die ins Jenseits führende Transparenz; hier hatten die Geister so recht die Empfindung, in einer ungeheuren Seifenblase herumzuschweben.

Aber es gibt verschiedene Seifenblasen, und die Kugel, in der Knipo so laut sprach, verdient nicht, daß man sie Seifenblase nennt.

Die Kugelwandung war vom Mittelpunkt so weit entfernt wie ein ferner, ferner Sternhimmel.

Auch diese Hohlkugel war ein Sinnbild der Unendlichkeit.

Und Knipo redete zum anderen Male: »Liebe Brüder! Es ist schon viele Billionen Jahre her – da erlebten wir was, worüber wir heute noch lachen könnten. Damals wollten wir mal unser liebes sogenanntes Ich erweitern und mit diesem Ich die ganze Welt durchdringen – und auch alles das, was nicht in der Welt ist. Nicht bloß selbständig wollten wir werden, wir wollten sogar weltumspannende Persönlichkeiten – ganze Allwesen – werden. Wie klein muß uns damals die Welt vorgekommen sein! Heute halten wir die Welt nicht für klein und nicht für groß – wohl aber für eine so übergewaltige Sache, daß wir uns belächeln müßten, wenn wir uns einbilden wollten, wir hätten heute schon ein Recht, uns über die Bedeutung dieser Allumfassenden ein Urteil zu bilden. Und daher wollen wir fürderhin nicht mehr bloß mit unserm Stern zusammen einen guten Ton zu bilden suchen – wir wollen mit dem uns Unbekannten auch einen guten Ton erzeugen. Wir wollen ruhig weiterschweben, ohne was zu wollen. Ich glaube, unsre Willenlosigkeit ist unsre ganze Stärke – obgleich diese Worte so alt klingen wie die Ruinen eines Götterlebens.«

Da rauschte wunderliche Musik durch viele Luken in die transparente Hohlkugel hinein, und die Sänften schwebten einer fernen Rosette zu.

Und viele Geister wiederholten Knipos Worte: »Ich glaube, unsre Willenlosigkeit ist unsre ganze Stärke!«

»Ja, ja!« rief Knipo »,wenn wir willenlos sind, so kann eine andre Kraft - ein Jenseitswille - in uns lebendig werden. Und es ist doch so seltsam, daß wir trotzdem unsre Selbständigkeitssucht für die Dauer nicht unterdrücken können.«

Rauschend klangen die Wassermelodien um Knipos Ohren - und er vergaß seine Rede.

Und die Geister schwebten durch die Rosette aus der Hohlkugel raus in andre Säle - wieder ging's teils im Zickzack, teils in großen Bogen weiter.

Und so gelangten die Geister nach langer, langer Zeit in den Zorntempel.

Dort wurde die Stimme der Geister gleich ganz rauh; kaum hatte Knipo ein paar Worte gesprochen, so merkte er schon den Hohn im Ton, daß er vor sich selbst zusammenschrak wie ein Verfolgter.

Im Zorntempel wurden alle sehr zornig - da sahen auch die Fenster wie rotglühende Augen herunter - und die durchsichtigen Säulen waren gewundene Schlangenund die Musik donnerte - und die Götterbilder ähnelten griffsicheren Raubtieren.

Und Knipo mußte wieder sprechen - und er sprach, als wenn ein Geist in ihn gefahren wäre, der ihm so lange fremd blieb, mit rauher bebender Stimme: »Das wahre Glück besteht nur in der langsamen rachsüchtigen tückischen Vernichtung alles dessen, was da lebt. Den einzigen Schmerz, den wir für den wahren halten müssen, bildet die Empfindung, daß es doch leblose Dinge geben dürfte, die wir vielleicht niemals vernichten könnten, da sie ja infolge ihrer Leblosigkeit auch unsterblich sein könnten.«

Ein wieherndes wahnsinniges Gelächter durchbraust den vieleckigen Zorntempel.

Und die Sänften drehen sich alle so fix um sich selbst, daß den Geistern ganz schwindlig wird.

Knipo brüllt aber aus vollem Halse: »Nur die Zerstörung kann die Entwicklung fördern.«

Eine Götterfratze tut ihren Rachen auf und spricht mit hohler Metallstimme: »Ich bin der gebändigte Tiefsinn dieser Welt - ich bin der Gott des unsterblichen Augenblicks.«

Da steigt den Geistern etwas Unbekanntes im Leibe empor und bleibt ihnen in der Kehle stecken – wie eine kalte Faust. Und sie fürchten sich.

Jetzt erhalten die roten Luken, die wie glühende Augen ins eckige Innere des Zorntempels hinunterglotzen, eine heftige Anziehungskraft.

Und im nächsten Augenblick sind alle zehntausend Geister draußen.

Und sie fliegen aus ihren Sänften raus auf ein schräges glattes Glasdach. –

Auf dem Glasdach genießen sie einen weiten Rundblick über die gesamten transparenten Tempel und Wasserwerke.

Die Sänften sind verschwunden.

Schräg ist das Glasdach, und die Geister rutschen langsam runter – doch sie sehen drüben eine große Kugel – einer bunten riesigen Seifenblase ist sie nicht unähnlich. Und von der Kugel gehen unten mehrere schlauchartige Gebilde heraus, von denen eines im nahen Zorntempel endigt. Und die Geister sehen auch die durchsichtigen Wasserwerke und hören die Musik, die jetzt so wenig durchsichtige Melodien hat.

Und die Geister sagen sich, daß die schlauchartigen Gebilde, die transparent sind und zur Mittelkugel führen, die Saalreihen vorstellen, die sie in den Sänften durchschwebten – und sie wundern sich, daß von den Bewohnern dieser Tempel auch draußen keine Spur zu entdecken ist.

Die Geister staunen alles an und rutschen auf dem schrägen glatten Glasdach immer weiter runter dem Rande zu.

Und schwarze ungeheure Kapuzen sinken hernieder und bedecken die Architektur nebst den Wasserwerken, der Krallenrand der Kapuzen hakt sich unten schnell fest und die Geister sehen nicht mehr die transparente Welt.

Alles Licht ist fort, und die Musik ist mit einem Male zu Ende.

Die Geister rutschen immer weiter – und fürchten sich – vor einem großen Fall.

RASEREI!

Geister, die auf einem schrägen Glasdach immer weiter runterrutschen und in der Dunkelheit die große Angst vor dem Unbekannten empfinden, sehen in der Ferne weiße Punkte aufleuchten.

Die weißen Punkte werden größer, und die Geister erkennen, daß sich weiße Vögel ihnen nahen - leuchtende Vögel.

Die Vögel sind sehr groß, und in ihren großen Krallen haben sie große blanke Scheren. Molchköpfe haben die Vögel, und sie sagen zu den Geistern mit glucksender Stimme: »Wenn Ihr wollt, so könnt Ihr jetzt selbständig werden; mit unsern blanken Scheren können wir die Spinngewebefäden, die Euch an Eure Sterne fesseln, zerschneiden.«

Die Geister rufen natürlich: »Los! Los! Schneidet nur zu!« Da werden die Vögel so leuchtend hell, daß wieder die glitzernden Fäden zu sehen sind - und die werden dann gleich eifrig von den Vögeln entzweigeschnitten; die Scheren klappern wie in einem großen Friseurladen; es sind wohl einige hundert Scheren in Bewegung.

Und die Geister sind frei!

Und sie jauchzen und schweben gleich hoch in die Luft hinauf - und in die nächste Sternenwelt hinein.

Die Sternschwere ist fort, und die Geister sausen dahin wie flinke Kometen - nur noch flinker.

Alles Lästige ist fort.

Frei sind die Geister.

Und dahin schießen sie - bald so schnell wie Billionen Orkane zusammen.

Die Sterne flitzen nur so vorüber, daß die Geister bald gar nicht mehr sehen, an was für Sternen sie vorüberjagen.

Die Geister haben gar keine Zeit, sich das Aussehen der Sterne anzusehen - ob die eckig, rund oder schlauchförmig, scheibenartig oder wie Trichter sind - ist ja saumäßig piepe den freien Weltjägern, die nur empfinden wollen, daß sie frei sind - und hinschießen können, wohin's ihnen paßt.

Und sie wollen hinaus in die freiste Welt - dorthin, wo's keine Sternwelten mehr gibt.

Und die Sterne bilden für ein paar Augenblicke glitzernde Fäden rechts und links von den Geistern - so schnell schießen die dahin.

Und dann sind die Geister in einer Weltgegend, die frei von allen Sternen ist - alle großen Sternwelten zusammen bilden da bald bloß einen kleinen Lichtpunkt - und auch der verschwindet.

Und es ist finster, und Knipo wird zum Anführer der zehntausend ernannt.

Jetzt glauben die Geister, sie könnten aus einer Weltecke in die andre fahren; und sie setzen dem Knipo auseinander, daß er ihnen sämtliche Weltwunder zeigen müsse.

Knipo meint, er möchte wohl zunächst alle unsichtbaren Weltwunder sehen.

Doch auch die absoluteste Freiheit hat ihre Schranken - die Geister können das für sie Unsichtbare nicht erblicken.

Da schlägt Knipo vor, die großen bunten Gasräume zu besichtigen.

Und sie fliegen wieder raus aus der Finsternis - wieder an unzähligen Sternen vorüber, die ungeheure Polypen sind und grade die Absicht haben, sich gegenseitig die langen Beine auszureißen.

Wie die Polypen immerzu die Farben wechseln!

Aber die Geister haben keine Zeit, dem Spiele zuzuschauen - und an manchen anderen Sternschauspielen fliegen sie ebenso schnell vorüber, daß schließlich rechts und links von ihnen wiederum nur noch bunte Streifen aufflammen - so schnell rast die wilde Jagd dahin.

Und es durchrauscht die Geister eine wilde heiße Seligkeit - jetzt endlich können sie sich austoben - durch die ganze unendliche Welt durch - immerzu im rasenden Tempo durch und durch gehen - alles steht ihnen offen.

Und so kommen die Geister in die Gasräume- und da geht's aus grüner Luft in rote - und aus der roten in die bunten Lüfte - und aus den bunten in die weißen und gelben.

Aber es geht wieder so schnell, daß sie die einzelnen Gasräume nur ganz flüchtig kennenlernen - kaum bleiben ihnen Geruchserinnerungen haften. - - -

Und die hastigen Weltdurchstürmer empfinden ihre Freiheit nicht mehr als ein reines Glück - es geht alles zu schnell - und sie fragen sich schon, ob sie für solch freies Leben auch geschaffen sind - es wird ihnen bereits das Hastige, das naturgemäß in jeder Freiheit steckt, zu einer Art Qual.

Aber Knipo hat schon wieder einen Plan: er will die große Götterallee kennenlernen, von der er schon mal wo gehört haben will - da soll die kolossalste Bildhauerkunst zu sehen sein.

Und sie kommen auch dahin und erblicken dort unmäßig große Standbilder, von denen die Geister immer nur kleine Partien sehen. Ganz unmöglich erscheint es den Hastigen, sich auch nur eine ungefähre Vorstellung von dieser kosmischen Skulptur zu bilden; so viel Zeit lassen sie sich eben nicht.

Auch hier geht's wieder mit Blitzesschnelligkeit durch ach - viel schneller, als alle Blitze, die's geben könnte, zusammen - so schnell, daß selbst diese Götterbilder zu Lichtstreifen werden.

Und der gelbe Geist schreit plötzlich laut auf: »Sollten wir nicht unsre Kugelsterne unterschätzt haben?«

Die rasende Hast wirkt so zerstörend; feinere Genüsse dringen gar nicht durch. -

Und sie kommen zu den größten Riesen, die's in der Welt gibt.

Die Riesen schlafen grade und schnarchen; das Schnarchen hört sich wie ein wahnsinniges Orkangeheul an.

Die Geister bemerken mit den Augen nur gewaltig hohe steile Felsenwände, die Knipo für Fußsohlen halten will.....Die ganze Welt erscheint den zehntausend bloß ein großes Buch zu sein, in dem sie blättern, aber nicht lesen dürfen; nicht mal die Bilder können sie sich ansehen. -

Knipo kriegt den Einfall, daß sie sich neue Sinne besorgen müßten, um diesen vermaledeiten »Weltkrempel« besser durchschauen zu können.

Und hinter sechs luftleeren Räumen bekommen die Geister die neuen Sinne.

Indessen jetzt geht alles noch viel schneller als bisher; sie wissen nichts Rechtes mit den neuen Sinnen anzufangen, da sie doch nicht gelernt haben, mit ihnen umzugehen; sie lassen sich auch nicht die Zeit, die neuen Sinne zu schärfen und sich anzupassen.

Und so sind sie schließlich froh, wie sie ihre alten Sinne wieder haben.

Durch andre Verwandlungen werden die tollen Geister ebenfalls nicht klüger. -

»Sollte dieses Götterleben«, sagt Knipo in einer smaragdgrünen Weltecke, die dick wie Teer ist, »nicht ein wenig verfrüht in unserem Weltleben sein? Aus reiner Blasiertheit könnte ich beinahe wieder fesselsüchtig werden. Die Unbenutzbarkeit und die Unübersehbarkeit der neuen Geschichten hat mich so blasiert gemacht, daß ich mich demnächst für ein Steinwesen halten werde. Hol der Teufel dieses Götterleben!«

Man stutzt bei dem Worte »Teufel«, aber es erfolgt doch eine lebhafte Zustimmung im ganzen Zuge!

Es dauert nur nicht lange, so redet der gelbe Geist von der Fabrik neuer Weltkräfte mit einer hinreißenden Lebendigkeit.

»Da müssen wir mal hin!« ruft er aufgeregt, »alte Narren denken natürlich, die Schwerkraft und manche andre Kraft fülle die halbe Welt. Und dabei ist die halbe Welt noch weniger denkbar als die ganze. Die Kräfte reichen nicht so weit. Tatsache bleibt es jedenfalls, daß noch unsäglich viele neue Kräfte fabriziert werden - und für die muß doch Platz gemacht werden.«

Und die unternehmungslustigen Geister rasen durch Schlangen- und Trichtersterne durch - und kommen in die Fabrik.

Diese Fabrik ist nun leider so maßlos groß, daß die armen Geister gar nicht verstehen, was sie da sehen - ihre Eindrücke empfinden sie teils als fleckige, teils als strichförmige Feuergebilde - viel mehr unterscheiden sie nicht.

»Dies ist die unüberwindliche Raserei!« ruft der alte Geist.

Und keiner versteht, was der Alte damit sagen will - der aber redet weiter von der Vergänglichkeit aller Empfindungen. -

Und die zehntausend sehen plötzlich neben einem unendlich scheinenden Schornstein lange Geisterzüge vorbeischweben - und die sind ganz still - wie die Windstille nach dem Orkan.

»Es ist die schnelle Fahrt so anstrengend!«

Also rufen viele seufzend aus. -

Knipo will, wie sie aus der Fabrik nicht klug werden, die Weltenschöpfer kennenlernen, die ganz weit, weit hinten in der Unendlichkeit wohnen - in dieser Unendlichkeit in der niemand ein Ende findet - in keiner Richtung.

Und die zehntausend finden die Weltenschöpfer und sehen sie da sitzen und Sterne formen- wie große Töpfer so kommt's wenigstens den Geistern vor- sie wissen wohl, daß sie sich täuschen könnten - jedoch der Eindruck ist immerhin da.

Und die alleswollenden Geister möchten auch so gerne mal Sterne formen.

Ein Großer will's ihnen erlauben, wenn sie imstande sein sollten, eine neue Sternform zu erfinden, die's noch nicht gibt.

Aber sie können nichts Neues erfinden - das Neue ist so grauenhaft schwer auszudenken - läßt sich auch nicht so leicht entdecken. -

Da werden die Geister allmählich wütend und wollen auf einmal alles vernichten.

Jedoch selbst hier ist wieder ein Riegel vor die Türe der Freiheit geschoben: vernichten darf der, der nichts Neues machen kann, in keinem Fall.

»Verdammte Freiheit!« brüllen die Wütenden.

Und sie fliegen durch eine verzerrte Hohnwelt durch – in der alles Hohn ist – das absolute Karikaturenviertel!

Ein grausiges Gelächter durchbrüllt jenes Viertel fast unaufhörlich – nur wenn neue Sonnen kommen, wird's still.

Und alle merken hier, daß sie so roh geworden sind – so roh – wie Ungeheuer, die die unendliche Welt nur für ihre Speisekammer halten. –

Es ergreift die zehntausend Heimweh.

Und sie wollen durch den nächsten Symbolraum durch – auf dem kürzesten Wege – nach Hause. –

Der Symbolraum erscheint ihnen ganz leer – wie ein ausgeraubtes Haus, das zerfällt.

Eine zinnoberrote Eidechse von imposanter Gestalt springt aus einem meilenlangen Fenster, versperrt den Weg und sagt eifrig: »Vergeßt nicht, daß alle Sterne zusammengenommen und alles Denkbare zusammengenommen, so sehr wir's auch vergrößern mögen, der Unendlichkeit gegenüber immer wieder bloß einen mathematischen Punkt bilden – der alles hat – nur keine Ausdehnung.«

Die zinnoberrote Eidechse platzt und steigt als Feuerregen empor.

Und die Geister fühlen, daß sie noch nicht reif zur Freiheit sind.

Sie können das freie Leben nicht aushalten. –

Und in rasender Hast geht's zurück – durch all die vielen Weltgegenden zurück – zu jener kleinen Ecke, in der jene Kugelsterne leben, mit denen die gehetzten zehntausend einstmals zusammenhingen.

Und kaum sehen sie in der Ferne die Kugelsterne, so wird's auch gleich wieder sehr hell vor ihren Geisteraugen – und sie erblicken wieder mal nach langer, langer Zeit die Spinngewebefäden, die alle straffgespannt in parallelen Linien von den Geistern zu den Kugelsternen hinführen.

Die Scheren der weißen Vögel sind offenbar nicht scharf genug gewesen.

Molchgesichter gucken oben aus grauen Wolken herunter und schmunzeln.

Und die zehntausend fühlen wieder die alte Sternschwere auf ihren Schultern.

Und die Heimkehrenden atmen auf, als wären sie erlöst.

VIKTORIA!

Und die Geister, die lange von ihren Sternen getrennt waren, sind wieder mit ihnen zusammen - und gehen auf ihnen herum - und freuen sich.

Aber ein ungeheurer Kanonendonner schallt ihnen jetzt entgegen.

Und die schwarzen Diener, die wie alle Molche gern überall herumklettern, kommen den Geistern entgegen und bitten sie, die Ehrenpforten zu durchschreiten, die extra zu ihrer Begrüßung erbaut sind.

Die Geister, die sich jetzt auf den verschiedenen Sternen also begrüßt sehen, werden verlegen.

Das Kanonengedonner wird immer stärker, daß die Ohren sausen.

Und die schwarzen Diener rufen mit ihren Molchmäulern: »Viktoria! Viktoria!«

Da fragen etliche Geister, was denn das Geschieße bedeuten soll.

Da antworten die Diener mit ihren Molchmäulern: »Wir glaubten, daß die Nerven der Herren Wurmgeister durch die lange Fahrt wohl so überreizt sein dürften, daß nur noch ein allgemeiner Kanonendonner eine wirkungsvolle Begrüßung abgehen könnte.«

Die Herren Wurmgeister hören zwischen dem Kanonendonner immerzu die Molchmäuler rufen: »Viktoria! Viktoria!«

Und dieser Empfang wird ihnen recht peinlich.

Doch sie nehmen auch diese etwas zweifelhafte Ovation ruhig hin und sind froh, daß sie endlich wieder zu Hause angelangt sind; vieles hat sich ja zu Hause verändert, doch die Hauptsache scheint intakt geblieben zu sein.

Bloß dieser Knipo ärgert sich über dieses Geschieße und über dieses Viktoriageschrei!

Er war auf seinem Stern der einzige Geist, der mal fort wollte – und zwar mehr der Mode denn der Neigung zur Freiheit wegen – und nun soll er sich diesen Empfang gefallen lassen! Er spricht zu den Schwarzen:

»Meine Herren! Mir ist niemals begreiflich gewesen, wozu dieser ganze Entwicklungsrummel, den ich mitzumachen die Ehre hatte, inszeniert wurde. Ich muß mir daher die Ehre, die Sie mir jetzt noch zum Schluß erweisen wollen, ganz ergebenst verbitten – denn ich habe nichts erobert und nichts profitiert, so daß Sie kein Recht haben, mich als heimkehrenden Helden zu feiern. Das ist ja veritabler Hohn von Ihnen!«

»Was?« schreien da die schwarzen Diener, »Sie wollen durch die lange Fahrt nichts profitiert haben? Sie sind ja ein ganz undenkbares Kamel, Herr Knipo! Erinnern Sie sich doch an die weißen Vögel, an die Leitern, auf denen wir Ihnen was vorkletterten, an die langbeinigen Geister, denen die Himmelsstücke auf den Kopf fielen – und an all die anderen großen Eindrücke, die auf Sie eingestürmt sind mit so großer Vehemenz. Dadurch soll Ihre werte Entwicklung nicht gefördert sein? Davon wollen Sie nichts profitiert haben? Aber Herr Knipo, sehen Sie jetzt nicht die Welt mit ganz andren Augen an? Sehen Sie sich doch mal um!«

Und Knipo, ein ehrlicher Mann, erinnert sich an alles und blickt sich um – und sieht seinen Stern ganz verändert – überall Architektur mit Türmen, Mauern und Balustraden.

Und Knipo empfindet, daß er auch ganz anders geworden ist – seine Gedanken sind andere, denn seine Erinnerungen sind andere.

Und Knipo stottert nach einiger Zeit: »Verzeihen Sie mir! Ich erkläre Ihnen, daß ich bittres Unrecht tat, als ich mein Schicksal tadelte! Die Entwicklungen, die ich durchmachen durfte, sind nicht ohne Einfluß auf mich geblieben. Es ist mir manches, was ich früher nur vom Hörensagen kannte, in Fleisch und Blut übergegangen; die letzten Worte verstehe ich natürlich nur bildlich.«

»Sehen Sie«, sagen da die Diener, »da können Sie also auf unserm Stern fürderhin ein wertvoller Entwicklungsfaktor werden. Jetzt können Sie mal treibende Kraft spielen. Sie werden unsern Spaß und unsern Ernst verstehen, wenn Sie über Ihre Erlebnisse ruhig nachdenken – und mit uns fördern wollen, was zum Besten unsres Sterns ist – dessen Diener wir doch alle sind. Einem Stern können nur die Leute etwas nützen, die sich Mühe gaben, sich zur Selbständigkeit zu entwickeln.«

Knipo steht ganz still und sieht die Schwarzen lange an – und die verbeugen sich – und einer von ihnen fragt höflich: »Wollen der Herr Knipo vielleicht göttlich verehrt werden? Wir sind allesamt gerne bereit, Ihnen göttliche Ehren zu erweisen – und die Leute, die hier auf diesem Sterne leben und uns nicht sehen können, würden auch sehr glücklich sein, wenn sie zu Ihnen so vertrauensvoll aufblicken dürften wie zu einem Gott. Die Bewohner unsres Sterns sehnen sich grade nach einem neuen Gott mehr denn je.«

Und Knipo erwidert einfach: »Ich danke Ihnen für Ihr Anerbieten, muß es aber ablehnen, eine Rolle zu spielen, die ich heute und morgen noch nicht ausfüllen kann.«

Und er dreht sich so einfach um wie ein Mann, der die gefährlichsten Leidenschaften endgültig überwunden hat.

Und während das Kanonengedonner ruhig seinen Fortgang nimmt, steigt Knipo langsam auf den nächsten Turm und wirft sich dort oben etwas ermüdet in den ersten besten Thronsessel. –

Und jetzt denkt er in seinem Thronsessel darüber nach, wie er wohl die Entwicklung seines Sterns fördern könnte.

Die andern Geister, die die lange Fahrt mitmachten, denken ein Ähnliches.

Aber von den Billionen Geistern, die ausfuhren, um das Diadem der Gottheit zu erobern, sind erst sehr wenige zurückgekehrt.

Knipo denkt an die lange Fahrt und ordnet seine Erinnerungen.

Und die anderen Geister, die mit Knipo so lange zusammen waren, tun ein Ähnliches.

ENDE

Über tredition

Eigenes Buch veröffentlichen

tredition wurde 2006 in Hamburg gegründet und hat seither mehrere tausend Buchtitel veröffentlicht. Autoren veröffentlichen in wenigen leichten Schritten gedruckte Bücher, e-Books und audio-Books. tredition hat das Ziel, die beste und fairste Veröffentlichungsmöglichkeit für Autoren zu bieten.

tredition wurde mit der Erkenntnis gegründet, dass nur etwa jedes 200. bei Verlagen eingereichte Manuskript veröffentlicht wird. Dabei hat jedes Buch seinen Markt, also seine Leser. tredition sorgt dafür, dass für jedes Buch die Leserschaft auch erreicht wird.

Im einzigartigen Literatur-Netzwerk von tredition bieten zahlreiche Literatur-Partner (das sind Lektoren, Übersetzer, Hörbuchsprecher und Illustratoren) ihre Dienstleistung an, um Manuskripte zu verbessern oder die Vielfalt zu erhöhen. Autoren vereinbaren direkt mit den Literatur-Partnern die Konditionen ihrer Zusammenarbeit und partizipieren gemeinsam am Erfolg des Buches.

Das gesamte Verlagsprogramm von tredition ist bei allen stationären Buchhandlungen und Online-Buchhändlern wie z. B. Amazon erhältlich. e-Books stehen bei den führenden Online-Portalen (z. B. iBookstore von Apple oder Kindle von Amazon) zum Verkauf.

Eigene Buchreihe oder eigenen Verlag gründen

Seit 2009 bietet tredition sein Verlagskonzept auch als sogenanntes "White-Label" an. Das bedeutet, dass andere Unternehmen, Institutionen und Personen risikofrei und unkompliziert selbst zum Herausgeber von Büchern und Buchreihen unter eigener Marke werden können. tredition übernimmt dabei das komplette Herstellungs- und Distributionsrisiko.

Zahlreiche Zeitschriften-, Zeitungs- und Buchverlage, Universitäten, Forschungseinrichtungen u.v.m. nutzen diese Dienstleistung von tredition, um unter eigener Marke ohne Risiko Bücher zu verlegen.

Alle Informationen im Internet: **www.tredition.de/fuer-verlage**

tredition wurde mit mehreren Innovationspreisen ausgezeichnet, u. a. mit dem Webfuture Award und dem Innovationspreis der Buch Digitale.

tredition ist Mitglied im Börsenverein des Deutschen Buchhandels.

Dieses Werk elektronisch lesen

Dieses Werk ist Teil der Gutenberg-DE Edition DVD. Diese enthält das komplette Archiv des Projekt Gutenberg-DE. Die DVD ist im Internet erhältlich auf **http://gutenbergshop.abc.de**